지금 이 순간이 나의 집입니다

At Home in the World

지금 이 순간이 나의 집입니다

틱낫한 지음 ○ 이현주 옮김

불광출판사

"가르친다는 건 말로만 되는 게 아닙니다.
그 사람이 어떻게 사느냐, 그것이 그의 가르침입니다.
나의 삶이 내 가르침이오, 나의 삶이 내 메시지입니다."

_ 틱낫한 Thich Nhat Hạnh _

베트남 전쟁이 한창이던 1968년, '베트남 불교사절단' 대표로 파리 평화회의에 참석코자 프랑스로 갔다. 그 목소리가 아직 세상에 들리지 않는 베트남 인민대중을 대신해 전쟁 반대 목소리를 내는 것이 우리가 맡은 사명이었다. 나는 일본에서 한 차례 대중강연을 마치고 알프렛 해슬러를 만나러 가는 길에 뉴욕에 들렀다가 비행기로 돌아가는 중이었다. 알프렛은 내 친구로, 베트남 전쟁 종식과 사회정의를 위해 조직된 '화해연맹'에서 일한다. 하지만 나에게는 통과비자가 없었고, 그래서 비행기가 시애틀에 착륙하자 어느 구석진 방으로 끌려가 아무도 만나거나 이야기를 나눌 수 없게 되었다. 그 작은 방의 벽에는 범죄자를 수배하는 포스터들이 덕지덕지 붙어 있었다. 관계자들이 내 여권을 가져갔고 나는 누구와의 접촉도 금지당했다. 몇 시간 뒤, 나를 태우고 온 비행기가 이륙할 시간이 되자 그들은 여권을 돌려주며 나를 비행기로 데려갔다.

그보다 2년 전인 1966년에 나는 회의 참석차 수도 워싱턴에 있었는데 〈볼티모어 선Baltmore Sun〉의 한 기자가, 내 여권을 인정하지 말라는 외교문서가 사이공에서 미국, 프랑스, 영국 그리고 일본 정부에 전달되었다고 일러주었다. 내가 하는 강연들이 공산주의에 맞서 싸우는 자기네 노력을 훼방한다고 생각했던 것 같다. 각국 정부는 그대로 했고 내 여권은 무용지물이 되었다. 수도 워싱턴의 몇 친구들이 잠적하기를 권했지만 미국에 그대로 남아 있는 것은 강제추방과 투옥을 의미하는 것이었다.

나는 몸을 숨기는 대신 프랑스에 정치적 망명을 신청키로 했다. 프랑스 정부는 내 신청을 받아들였고, 나는 아빠뜨리드apatride 여행자 신분증을 얻었다. '아빠뜨리드'는 어느 나라에도 속하지 않은 자, 무국적자라는 뜻이다. 나는 제네바 협정에 의하여 그 신분증으로 유럽 모든 나라를 여행할 수 있었다. 하지만 캐나다나 미국에 가려면 비자를 신청해야 하는데 국적이 없는 자로서 거의 불가능한 일이었다. 나의 처음 의도는 코넬 대학에서 일련의 강의를 한 다음 미국과 유럽 순회강연을 마치고 귀국할 때까지 석 달 가량 베트남을 떠나 있는 것이었다. 내 삶의 전부인 내 가족들, 친구들 그리고 동지들이 모두 베트남에 있었다. 그런데 나는 근 사십 년 가까이 망명자로 살아야 했다.

미국에 비자를 신청할 때마다 자동으로 반려되었다. 그들은 내가 베트남과 전쟁하고 있는 미국에 무슨 해를 끼친다고 생각했다. 미국은 내가 들어가는 것을 허락하지 않았고, 영국 역시 나의 입국을 허용하지 않았다. 결국 상원의원 조지 맥거번이나 로버트 케네디 같은 사람들에게 편지를 써서 초청장을 보내 달라고 부탁해야 했다. 그들의 답장은 대개 이런 내용이었다.

"친애하는 틱낫한 씨. 나는 베트남에서 전쟁이 어떻게 전개되고 있는지 좀 더 알고 싶습니다. 부디 오셔서 말해 주십시오. 비자를 얻기가 힘들다면 아래 번호로 전화 주십시오……."

하지만 내가 미국에 발을 들여놓는 데 도움이 되지 않는 답장이었다.

유배생활 첫 두 해는 무척 힘들었다. 이미 제자들을 여럿 둔 사십 대 수도승이었지만, 아직 나는 진정한 내 집(home)을 찾지 못한 상태였다. 불교 수행에 대하여 근사한 강의는 할 수 있을지 몰라도, 진정으로 거기에 도달하지는 못한 몸이었다. 머리로는 불교를 꽤 알고 있었고 열여섯 살 때부터 수행을 계속했지만, 아직 나의 참된 집으로 귀의하지 못한 상태였다.

미국 순회강연에서 내가 하려던 것은 사람들이 신문이나 방송으로 접할 수 없었던 베트남의 실상을 알리는 것이었다. 순회강연 동안 방문한 도시들에서 하루 아니면 이틀씩 묵었다. 밤중에 깨어 일어났는데 내가 어디에 있는지 모를 때가 많았다. 그만큼 힘든 나날이었다. 지금 내가 어느 나라 어느 도시에 있는지를 기억해 내려고 애쓰며 숨을 들이쉬고 내쉬어야 했다.

그 무렵, 중앙 베트남의 내가 자란 절에 가 있는 나를 자주 꿈에서 보았다. 아름다운 나무들로 덮인 푸른 언덕을 기어오르다가 꼭대기 아래 중간 지점에서 잠을 깨어 내가 유배당한 몸인 것을 깨닫곤 했다. 같은 꿈이 거듭거듭 나를 찾아왔다. 그러는 사이에 기운을 차리고 독일, 프랑스, 미국, 영국 등 여러 나라에서 온 아이들과 함께 노는 법을 배웠다. 아울러 성공회 사제, 가톨릭 사제, 개신교 목사, 랍비, 이맘 그 밖의 다른 사람들을 친구로 사귀게 되었다.

나의 수련은 마음을 챙기는 것이었다. 지금 여기를 살면서 매일의 생활 속에 숨어 있는 놀라움을 접해 보려고 노력했다. 내가 살아남은 건 고맙게도 그 수련 덕분이었다. 유럽 나무들은 베트남 나무들과 많이 달랐다. 열매와 꽃과 사람들이 완전 달랐다. 그 수련이 나를 지금 여기의 진정한 집으로 돌아오게 해 주었다. 이윽고 나의 고통이 멈추었고 그 꿈은 더 이상 나를 찾아오지 않았다.

사람들은 내가 베트남의 고향집으로 가는 길이 막혀서 그래서 고통을 겪는다고 생각할지 모르겠다. 하지만 그건 아니다. 유배생활 사십 년 만에 드디어 귀국할 수 있게 되었을 때 내가 기뻤던 건 그곳의 남녀 수도자들 및 평신도들과 함께 불교의 가르침, 마음 챙기기 수련, '참여불교' 등에 대한 이야기를 나눌 수 있어서였다. 예술가, 작가, 학자들과의 만남도 나를 즐겁게 해 주었다. 그런데도 나는 고국을 다시 떠날 시간이 되었을 때 고통스럽지 않았다.

"나는 이르렀다, 나는 집에 있다." 이 표현에 내 수행의 모든 것이 담겨 있다. 그것은 자두마을의 중심 법인法印들 가운데 하나로, 붓다의 가르침을 내가 어떻게 이해했는지 표현하고, 이는 또 내 수행의 본질이다. 진정한 내 집을 발견한 뒤로 나는 더 이상 고통스럽지 않다. 과거는 더 이상 나에게 감옥이 아니다. 미래도 감옥이 아니다. 나는 지금 여기를 살면서 진정한 내 집에 닿을 수 있다. 한 번 숨쉬고 한 발짝 걸으면서 집에 이를 수 있다. 티켓을 사지 않아도 된다. 보안검색대를 통과할 필요도 없다. 단 몇 초 만에 나는 고향집에 이를 수 있다.

현재 순간을 깊이 접할 때마다 우리는 과거와 미래를 함께 접할 수 있다. 현재 순간을 적절히 조종할 줄 알면 과거를 치유할 수 있다. 내가 나의 고향집을 찾을 수 있었던 것은 나에게 고국이 없기 때문이었다. 이것이 매우 중요하다. 어느 한 나라에 속하지 않았기에 나는 정진精進을 거듭하여 마침내 참된 고향집을 찾을 수 있었다. 자기가 아무 데서도 받아들여지지 않았다는, 어디에도 속하지 못했고 어느 나라에도 적籍이 없다는, 바로 이 느낌이 우리의 참 고향집을 찾는 데 반드시 필요한 정진을 불러일으킬 수 있다.

베트남에서의 삶

과자 먹기

네 살 때, 우리 어머니는 장에 다녀오실 적마다 과자를 들고 오셨다. 과자를 주시면 앞마당으로 내려가 자리를 잡고 앉았다. 그렇게 앉아 최대한 천천히 과자를 먹었다. 과자 하나 먹는 데 삼십 분이나 사십오 분쯤 걸릴 때도 있었다.

과자 조금 베어 물고 하늘 한 번 쳐다보고, 과자 조금 베어 물고 발치에 앉은 개 쓰다듬고, 그랬다. 그냥 하늘과 땅과 대숲과 고양이, 개, 꽃들과 더불어 거기 있는 모든 것들을 즐겼다. 그렇게 과자 하나 먹으면서 아주 긴 시간을 보낼 수 있었다. 걱정거리가 많지 않았기 때문이다. 나는 미래를 염려하지 않았다. 과거를 후회하지 않았다. 과자, 개, 대숲, 고양이 그리고 다른 모든 것들과 더불어 지금 이 순간에 온전히 머물러 있었다.

어린 시절에 내가 과자를 먹듯이 그렇게 우리는 천천히 즐기면서 음식을 먹을 수 있다. 어쩌면 당신은 어린 시절에 먹던 과자를 지금은 잃어버렸다고 생각할지 모르겠다. 하지만 나는 분명히 안다, 그것이 여전히 당신 가슴 속 어딘가에 있다는 것을. 모든 것이 거기 있다.

진심으로 원한다면 당신은 그것을 찾을 수 있다. 마음 챙겨 음식 먹는 것은 매우 중요한 명상 수련법이다. 과자 먹던 어린 시절로 돌아가게 해 주는 그런 방식으로 우리는 음식을 먹을 수 있다. 지금 이 순간은 기쁨과 행복으로 가득 차 있다. 당신이 주의를 기울이면 그게 보일 것이다.

젊은 시절 내가 베트남에서 살던 삶은 오늘의 삶과 아주 다르다. 생일잔치, 시 낭송, 죽은 가족의 장례식이 몇 시간이 아니라 하루 종일 이어졌다. 당신은 언제든지 올 수 있고 언제든지 갈 수 있다. 자동차나 자전거도 필요 없다. 그냥 걸으면 된다. 집이 멀면 하루쯤 일찍 떠나 도중에 친구 집에서 하루 묵는다. 언제 도착해도 상관없다. 언제든지 환영받고 음식을 대접받는다. 손님이 넷 도착하면 한 상에 앉아서 먹는다. 당신이 다섯 번째 손님이면 세 사람이 더 와서 함께 먹을 수 있을 때까지 기다려야 한다.

'한가롭다'는 뜻을 한문으로 쓴 글씨가 문이나 창문에 걸려 있고, 그 안쪽에는 '달'이라는 글씨가 걸려 있다. 당신이 진정으로 한가로울 때에만 달을 보고 즐길 시간이 있다는 뜻이다. 오늘날 많은 사람들이 그런 호사를 누리지 못한다. 옛날에 견주면 지금 우리한테는 돈도 더 많고 물질이 주는 안락함도 더 많이 누리지만 서로의 교제를 즐길 시간이 없는지라, 그래서 예전만큼 행복하지 못하다.

평범한 삶을 영적인 삶으로 바꿔 주는 매일의 생활방식이 있다. 마음 챙겨 차 한 잔 마시는 단순한 행위가, 우리의 삶을 풍요롭게 해 주는, 깊은 영적 체험으로 될 수 있다. 어쩌자고 차 한 잔 마시면서 두 시간을 보낸단 말인가? 비즈니스 견지에서 보면 분명 시간 낭비다. 하지만 시간은 돈이 아니다. 돈보다 훨씬 더 값진 것이다. 시간은 삶이다. 삶에 견주어 시간은 아무것도 아니다. 두 시간 동안 마음 챙겨 차를 마시며 돈을 버는 게 아니라 삶을 누리는 것이다.

변소 청소하는 즐거움

"어떻게 변소를 청소하면서 행복할 수 있단 말인가?"

이렇게 묻는 사람이 있을 것이다. 하지만 실제로 우리에게 청소할 변소가 있다는 것이 행운이었다. 내가 베트남에서 사미승으로 살 때는 아예 변소라는 게 없었다. 백 명도 넘는 사람들과 한 절에 있었는데 변소가 한 채도 없었고 그래서 우리는 각자 알아서 해결했다. 절간 뒤에 잡목들이 우거진 언덕이 있어 그리로 올라갔다. 화장지가 언덕에 있을 리 없었기에 마른 바나나 잎이나 휴지로 쓸 만한 낙엽을 찾아야 했다.

내가 스님이 되기 전 집에 살 때도 우리 집에는 변소가 없었다. 극히 소수의 돈 많은 사람들만이 집에 변소가 있었다. 나머지 사람들은 밭으로 가거나 언덕으로 올라갔다. 당시 베트남 인구가 2천 5백만이었는데 거의 모두 변소 없이 살았다. 그래서 청소할 변소가 있다는 것 하나로 우리는 충분히 행복할 수 있었다. 자기에게 행복할 조건들이 얼마든지 있다는 사실을 알 때 누구나 진정으로 행복할 수 있다.

나뭇잎

어려서 한 번은 뜰에 있는 커다란 물 항아리를 들여다보다가 바닥에 가라앉은 아름다운 나뭇잎을 보았다. 색깔이 알록달록했다. 그 것을 꺼내서 놀고 싶었지만 팔이 너무 짧아 바닥에 닿지 않았다. 그래서 작대기로 그것을 꺼내려 했다. 하지만 너무 힘들어 더 버틸 수 없게 되었다. 스무 번, 서른 번 저어 봤지만 나뭇잎은 물 위로 떠오르지 않았다. 결국 포기하고 작대기를 던져 버리고는 자리를 떴다.

얼마 뒤 내가 돌아왔을 때 나뭇잎이 수면에 떠 있는 것을 보고 나는 깜짝 놀라 그것을 집어 들었다. 내가 떠나 있는 동안 물이 계속 맴돌았고, 그래서 나뭇잎을 떠오르게 했던 것이다. 우리도 모르는 우리 마음이 움직이는 게 그와 같다. 풀어야 할 문제가 있을 때, 또는 상황을 좀 더 깊이 들여다보고자 할 때 그 해결책 찾는 임무를 의식의 더 깊은 차원에 맡길 필요가 있다. 생각하는 마음으로 씨름하는 것은 별 도움이 되지 않는다.

잠들기 전에 당신은 이렇게 말할 수 있다. "내일 새벽 4시 반에 일어나야지." 이튿날 당신은 저절로 4시 반에 깨어난다. 불교에서 잠재의식(store consciousness)이라고 부르는 무의식은 우리가 하는 말을 들을 줄 안다. 그것은 우리가 매일 살면서 사용하는 우리 마음의 생각하는 기능과 협동으로 일한다. 우리는 명상할 때 생각하는 마음의 의식만을 사용하지 않는다. 잠재의식을 신뢰하고 그것을 활용하면 된다. 어떤 질문이나 문제의 씨앗을 우리 의식에 심을 때 결국 하나의 깨달음이 수면 위로 떠오르리라는 것을 믿어야 한다. 깊이 숨 쉬고 깊이 들여다보며 우리 자신을 있는 그대로 놔두는 것이, 우리의 잠재의식을 도와서 최선의 깨달음을 주게 할 것이다.

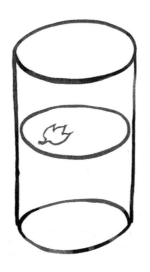

붓다의 초상

일고여덟 살 무렵, 우연히 불교 잡지에서 붓다의 초상을 보았다. 붓다가 너무나 평화롭게 풀밭에 앉아 계셨고, 그 모습에 나는 큰 감명을 받았다. 화가가 그 특별한 이미지를 그릴 수 있었던 것은 그의 내면이 아주 평화롭고 조용했기 때문이었을 것이라고 나는 생각했다. 그냥 그림을 보는 것만으로도 행복해졌다. 당시 주변의 너무나 많은 사람들이 전혀 고요하거나 행복하지 못했기 때문이다.

그 특별한 그림을 보는 동안 나도 붓다 같은 사람, 저토록 조용히 자리에 앉을 수 있는 사람으로 되고 싶다는 생각이 들었다. 그때 스님이 되고 싶다는 생각을 처음 품었던 것 같다. 비록 그 마음을 어떻게 표출해야 하는지, 당시에는 그 방법을 알지 못했지만.

붓다는 신이 아니다. 나머지 우리와 똑같은 인간 존재다. 그도 우리처럼 고통스러운 십 대 시절을 보냈다. 자기 왕국에서 고통을 목격했고, 숫도다나 왕이 주변의 고통을 줄여 보려고 노력하지만 별무소용인 것도 보았다. 젊은 싯다르타에게 정치란 아무 효력이 없는 것처럼 보였다. 아직 십 대였는데도 그는 고통에서 벗어나는 길을 찾고 있었다. 비록 왕자로 태어났지만, 모든 물질적 안락이 그를 행복하게 편안하게 또는 평화롭게 해 주지 못했다. 그는 고통에서 벗어나 진정한 집을 찾기 위해서 자기를 길러 준 왕국을 떠났다.

오늘도 많은 젊은이들이 청년 싯다르타와 동감일 것이라고 나는 생각한다. 우리는 자기가 믿고 따를 수 있는, 좋고 참되고 아름다운 무엇을 찾고 있다. 하지만 주변을 둘러보면 그 찾는 것이 보이지 않고 그래서 낙심하게 된다. 나도 어렸을 때 같은 느낌이었다. 바로 그 때문에 붓다의 초상을 처음 보았을 때 그토록 행복했던 것이다. 오직 나는 그와 같은 사람이 되고 싶었다.

수행을 잘만 하면 그런 사람으로 될 수 있음을 알게 되었다. 평화롭고 사랑하고 깨달으면 누구든지 붓다로 불릴 수 있다. 과거에 많은 붓다들이 있었고, 현재에도 많은 붓다들이 있고, 앞으로도 많은 붓다들이 있을 것이다. 붓다는 어느 한 개인의 고유명사가 아니다. 높은 수준의 평화를 누리는 사람, 높은 수준의 깨달음과 자비를 지닌 사람, 그 사람을 가리키는 일반명사다. 우리 모두 그 이름으로 불릴 수 있다.

만화경

어려서 나는 원통과 유리조각으로 만든 만화경 놀이를 즐겨 했다. 통을 굴리면 여러 가지로 놀라운 모양과 색깔들이 나타났다. 손가락을 조금만 움직이면 한 형상이 나타났다가 다른 형상에 자리를 물려주고 사라졌다. 처음 광경이 사라졌을 때 나는 울지 않았다. 아무 잃은 게 없다는 걸 알았기 때문이다. 다른 아름다운 광경이 언제나 뒤를 이었기 때문이다.

만화경을 들여다볼 때마다 아름답게 대칭을 이루는 형상이 보인다. 만화경을 돌릴 때마다 그 형상은 사라진다. 이것을 태어남과 죽음으로 서술할 수 있을까? 아니면 그냥 하나의 나타남(manifestation)인가? 한 나타남이 사라지면 똑같이 아름다운 다른 나타남이 뒤를 잇는다.

아무 잃은 게 없다. 얼굴에 미소를 띠며 평화롭게 죽어 가는 이들을 나는 보았다. 인간의 태어남과 죽음이 바다 자체가 아니라, 만화경 속의 아름다운 형상들 같은, 바다 표면의 물결인 것을 그들은 알았던 것이다. 태어남도 없고 죽음도 없다. 오직 끝없는 연속이 있을 뿐.

은자隱者와 샘

나는 북베트남 탄 호아 지방에서 자랐다. 하루는 학교 선생님이 가까이 있는 '나손'이라는 산으로 소풍을 간다면서 그곳에 은자隱者, 혼자서 조용히 낮과 밤을 보내며 붓다처럼 평화로이 살아가는 수도자가 있다고 말씀하셨다. 나는 한 번도 은자를 본 적이 없었으므로 크게 마음이 설렜다.

소풍 전날, 우리는 피크닉에서 먹을 음식을 장만했다. 주먹밥을 만들어 바나나 잎으로 싸고, 깨와 땅콩과 밥에 넣을 소금도 준비했다. 물도 끓여서 담았다. 이튿날 이른 아침 우리는 산기슭으로 먼 길을 나섰다. 산에 이르러 친구들과 서둘러 위로 올랐다. 아직 걷기 명상이 어떤 건지 모를 때라 그저 빠른 속도로 산을 올랐다.

정상 부근에 이르렀을 때 우리는 많이 지쳐 있었다. 올라오면서 가지고 온 물을 모두 마셔 버렸다. 사방을 기웃거리며 은자를 찾았지만 그의 모습은 어디에도 보이지 않았다. 대나무와 짚으로 엮어 만든 움막만 보일 뿐이었다. 움막 안에서 간이침대와 대나무 제단을 발견했지만 은자는 거기 없었다. 우리가 올라오는 소리를 듣고서 시끄러움과 아이들을 피하여 어디 숨었는지 모를 일이었다.

점심시간이 됐지만 나는 배고프지 않았다. 은자를 볼 수 없어서 너무 실망스러웠다. 나는 그를 만나고 싶은 마음에 친구들을 뒤에 두고 산 위로 더 올라갔다. 숲속 깊숙이 들어가자 어디서 물방울 떨어지는 소리가 들렸다. 아름다운 소리였다. 나는 소리 나는 쪽으로 기어오르기 시작했고 이내 여러 색깔의 돌들로 에워싸인 작은 샘을 발견하였다. 어쩌나 물이 맑은지 바닥이 훤하게 드러나 보였다. 나는 목이 말랐다. 무릎 꿇고 손으로 물을 떠서 마셨다. 맛이 기가 막혔다. 여태까지 나는 그보다 맛있는 물을 마셔 보지 못했다. 그로써 충분히 만족스러웠고, 더 무엇이 필요치 않았다. 은자를 만나고 싶은 마음도 사라졌다. 그를 만난 느낌이었다. 어쩌면 은자가 옹달샘으로 둔갑했는지도 모른다는 생각이 들었다.

고단했다. 나는 바닥에 누워 쉬면서 얼마 동안 샘물 곁에서 시간을 보냈다. 푸른 하늘에 걸친 나뭇가지가 올려다보였다. 눈을 감고 깊은 잠에 빠져들었다. 얼마나 잤을까. 잠에서 깨어났지만 내가 어디 있는지 알 수 없었다. 그때 하늘에 걸친 나뭇가지와 샘이 눈에 들어왔고 모든 것이 기억났다.

친구들에게로 돌아갈 시간이 되었다. 마지못해서 샘한테 잘 있으라 말하고 내려가기 시작했다. 숲에서 나오는데 깊은 속에서 문장이 하나 떠올랐다. 마치 한 줄로 된 시 같았다.

"이 세상에서 가장 맛있는 물을 내가 맛보았다."

나는 친구들 곁에 앉아 밥을 먹었다. 그들이 나를 보고 기뻐하면서 어디 갔었느냐고 물었지만 나는 말하고 싶지 않았다. 나를 깊이 건드려 준 그 경험을 얼마 동안 속에 담아 두고 싶었다. 바닥에 앉아 말없이 점심을 먹었다. 깨소금에 주먹밥이 너무나 맛있었다.

내가 그 산을 오른 것은 아주 오래전 일이다. 하지만 그 작은 옹달샘과 거기에서 떨어지던 조용하고 평화로운 물소리는 아직도 내 안에 살아 있다. 어쩌면 당신도 바위, 나무, 별 또는 아름다운 일몰 같은 당신의 은자를 만났을 것이다.

그것이 나의 첫 번째 영적 체험이었다. 그 뒤로 나는 차츰 고요해지고 조용해졌다. 나에게 일어난 일을 다른 누구와 나눌 필요를 느끼지 않았다. 그것을 내 가슴에 그냥 담아 두고 싶었다. 스님 되고 싶은 마음이 갈수록 굳어졌다. 이윽고 내 나이 열여섯이 되자 부모님은 후에 가까운 투 히에우 절로 들어가서 사미승이 될 것을 허락하셨다.

스승의 선물

열여섯 나이로 사미승이 되었을 때 스승은 내게 선물 하나를 주셨다. '일용할 게송'이라는 제목으로, 수행을 돕는 짧은 시 50수를 위대한 중국 선사禪師가 모아 놓은 책이었다. 게송을 써서 일상의 행위들에 깨어 있도록 하는 것은 수천 년 전부터 내려온 선사禪寺의 전통이다.

말하자면 내가 교과서로 받은 첫 번째 책이 시집이었던 것이다. 신통한 일이었다. 수련승들은 그 모든 시를 외워야 했다. 내가 속한 전통에서는 시가 음악과 예술처럼 명상에 많은 구실을 한다. 그 책에 있는 시들은 한 편에 넉 줄, 한 줄에 다섯 자로 된, 중국의 오언절구였다. 그러니까 시 한 편이 모두 스무 개의 한자로 이루어진 셈이다. 그중 어떤 시는 좌선을 위한 것이었다. 마음챙김 에너지를 기르기 위해서는 그런 식으로 곧추 앉아야 한다. 속옷이나 겉옷에 달고 다니는 시도 있었다. 매일의 모든 행동이 시 안에서, 마음챙김 안에서 이루어진다. 나는 그 수행법이 아주 좋았다.

등불을 밝히면서 외는 시도 있었다. 당시에는 절에 전기도 수도도 없었다. 그래서 우리는 석유등잔을 썼는데, 불을 붙이면서 조용히 시를 외곤 했다. 촛불을 밝힐 때 외는 시도 있었다. 나는 젊은 사미승으로 사는 것이 정말 행복했다.

나중에 정식 스님이 되었을 때 그 시들을 현대 베트남어로 옮겨서, 그것으로 자연스럽게 수련할 수 있도록 해야겠다는 생각이 들었다. 그래서 그 모두를 베트남어로 번역했다. 지금은 영어, 프랑스어, 독일어 그리고 다른 많은 언어들로 번역되어 누구든지 그것을 즐기며 그것으로 수련할 수 있다.

사회생활을 하는 사람들도 사찰 문화의 요소들을 경험할 수 있다. 1966년 켄터키 한 수도원에서 트라피스트 수도사 토머스 머튼을 처음 만났을 때 우리는 이 문제를 흥미롭게 토론했다. 걷기 명상, 게송 활용, 마음 챙겨 숨 쉬기 같은 수련법은 일상생활에 얼마든지 적용시킬 수 있다. 여러 해 동안 나는 평신도 친구들이나 동료 수행자들과 사찰 문화를 나누며 살아왔다. 칫솔질을 위한 게송과 함께 이를 닦는 친구들이나, 겉옷에 부착하는 시를 자기 외투에 달고 다니는 수행자들이 세계 각처에 있다.

자전거가 그때도 있었지만 스님들은 그것을 타지 않았다. 옛날 스님들은 말을 탔고, 자전거는 타지 않았다. 베트남에서 처음으로 자전거를 탄 승려들 가운데 하나가 나였다. 당시에는 그것을 '스님 다운' 행동으로 여기지 않았다. 어느 날, 우리 젊은 스님 여섯이 자전거를 타 보기로 마음먹고 자전거 여섯 대를 빌려 타는 법을 배웠다. 그 뒤로 우리는 계속 자전거를 이용했다. 사람들이 동그래진 눈으로 우리를 바라보았다. 지금은 스님들이 차를 몰고 다니는데, 훨씬 빠르다. 하지만 그때에는 자전거 탄 스님을 보는 것 자체가 신기한 일이었다.

우리는 즐겁게 깨어 있으면서 자전거를 탔고, 그렇게 자전거-명상을 했다. 나는 자전거 타기를 위한 시를 썼고, 뒤에 자동차 타기를 위한 시도 썼다. 이런 종류의 시는 매 순간을 깊게 깨어서 삶의 영적 차원에 접속하여 살도록 우리를 도와준다.

내가 투 히에우 절에서 구족계具足戒를 받는 수계식이 새벽 4시에 예정되어 있었다. 그 전날 밤, 나는 찬불법회를 마치고 당신 방에서 가물거리는 촛불 옆 방석에 앉아 계신 스승을 보았다. 책상에는 오래된 서책들이 쌓여 있었다. 스승은 낡은 갈색 가사袈裟 해어진 데를 바늘로 조심스레 꿰매고 계셨다. 연치가 높으셨지만 아직 눈이 밝고 자세도 꼿꼿하셨다. 탐 만 형제와 나는 문간에 서서 그분을 지켜보았다. 천천히 바느질하는 모습이 흡사 깊은 명상에 잠긴 보살 같았다.

잠시 뒤, 우리가 방에 들어서자 스승께서 눈을 들어 한 번 쳐다보시고는 다시 고개 숙여 하시던 일을 계속하셨다. 탐 만 형제가 말씀드렸다.

"스님, 이제 그만 침방에 드시지요. 많이 늦었습니다."

스승께서 우리를 쳐다보지도 않고 말씀하셨다.

"이 옷을 마저 꿰매야겠다. 내일 아침 콴이 입을 수 있도록."

그제야 나는 그날 오후 내내 스승께서 왜 오래된 당신 옷들을 뒤적거리셨는지 그 이유를 알게 되었다. 가장 덜 낡은 옷을 손질해서 내게 주시려는 것이었다. 내일이면 난생처음 갈색 법의를 입는다. 지난 3년 동안 사미승인 우리가 제공받은 것은 회색 승복僧服뿐이었다. 일단 정식 스님이 되면 나도 경經에서 해탈의 옷, 자유의 제복이라고 말하는 귀한 가사를 입을 것이다.

내가 더듬거리며 말씀드렸다.

"스님, 아운티 투에게 바느질을 마무리시키시지요."

"아니다, 너를 위해서 내 손으로 바느질을 마쳐야겠다."

그분이 부드럽게 말씀하셨다.

무거운 침묵.

우리는 감히 더 드릴 말씀이 없어 공손히 합장하고 구석에 서 있었다. 한참 뒤에, 스승이 바늘에서 눈을 떼지 않고 말씀하셨다.

"붓다께서 살아 계실 때 바느질로 깨달음을 얻은 큰 제자 얘기, 경經에서 읽어 보았느냐?"

그분이 말씀을 계속하셨다.

"내가 얘기해 주마. 그 제자는 해어진 옷을 꿰맬 때 큰 기쁨과 평화를 맛볼 수 있었고, 그래서 자기 옷과 다른 형제들 옷을 손질했더란다. 바늘로 천을 꿸 때마다 해탈의 능력이 있는 온전한 선善을 속에서 불러일으켰지. 그러던 어느 날, 바늘이 천을 꿰뚫는 순간에 더없이 깊고 경이로운 가르침을 깨쳤고, 그렇게 여섯 땀을 뜨면서 여섯 바라밀을 얻었다고 한다."

나는 머리를 돌려 깊은 애정과 존경심으로 스승을 바라보았다. 그분이 육바라밀을 얻지는 못했을지 모르나, 깊은 이해와 통찰의 경계에 이른 것은 분명해 보였다.

이윽고 옷 수선이 끝났다. 스승께서 나에게 가까이 오라고 손짓하셨다. 그러고는 옷을 입어 보라고 하셨다. 내 몸에 조금 컸지만, 눈물이 나올 만큼 벅차오르는 행복감을 막을 수는 없었다. 나는 그 날 더없이 성스러운 사랑, 부드럽고 넉넉한 순수 사랑을 받았고 그 것은, 계속된 수년간의 수련생활을 통하여, 내가 큰 뜻을 품고 기르게 해 주었다. 스승이 나에게 옷을 건네주셨다. 나는 그것이 부드럽고 신중한 사랑으로 나에게 주시는 큰 격려인 줄 알면서 옷을 넘겨 받았다. 그때 들려주신 음성은 내가 그동안 들어 본 것들 가운데 가장 달콤하고 부드러웠다.

"애야, 내일 너 입으라고 내가 이 옷을 손봤다."

그렇게 간단했다. 아직 구족계 받을 시간이 되지 않았고 붓다 앞에 무릎을 꿇지도 않았지만 내 가슴은 온갖 중생을 구제하리라는 큰 서원과 함께 일생을 섬기면서 살겠다는 서원으로 충만해졌다. 탐 만 형제가 진심 어린 애정과 존중으로 나를 바라보았다. 그 순간 우리를 위한 우주는 향기로운 꽃들의 우주였다.

그날 이후로 나는 여러 벌의 가사를 갈아입었다. 새로 지은 갈색 법의는 한동안 눈길을 모으지만 결국 잊히고 만다. 그러나 그날의 갈색 법의는 항상 성스럽게 남아 있다. 오늘엔 입을 수 없을 만큼 낡았지만 나는 그 옷을 여전히 보관하고 있다. 지난날을 회상할 때마다 과거의 아름다운 순간들을 돌이켜볼 수 있도록.

바나나 잎

베트남에서 젊은 승려 생활을 할 때, 하루는 어린 바나나나무를 보며 명상하다가 한 가지 깨달음을 얻었다. 그 나무는 잎이 세 자매였다. 첫째는 활짝 펼쳐져서 해와 비에 노출되어 갓 태어난 잎으로서의 삶을 즐기고 있었다. 둘째는 반쯤 펼쳐지는 중이라 활짝 열려 있지 못했다. 가장 어린 셋째는 아직 피어나지 못한 상태였다.

나는 첫째가 자기를 펼치면서 아울러 어린 동생들이 자라게 돕는 것을 눈여겨보았다. 그녀는 자기를 활짝 펴서 햇볕과 빗물을 즐겼고, 바람 불 때마다 노래를 불렀다. 첫째와 둘째는 셋째에서 자기들을 보았다. 첫째는 시들어 마를 때가 되었지만 울지 않았다. 둘째와 셋째 안에서 자기가 살 것을 알았던 것이다. 이윽고 그녀는 흙으로 돌아가 전체 바나나나무를 위한 자양분이 되었고, 다른 잎들도 그녀 뒤를 따랐다.

우리네 삶이 비슷한 의미를 담고 있다. 우리는 여기서 뭔가 하고 있다. 우리에겐 목적이 있다. 첫째 잎을 들여다보면서 나는 나 자신을 볼 수 있었다. 내 삶을 즐김으로써 내 아우들을 기르고 있었고, 기쁨과 희망과 내게 있는 모든 좋은 것을 그들에게 넘겨주고 있었다. 그들 또한 나를 도와서 아직 태어나지 않은 다른 아우들을 기르고 있었다.

산스크리트어로 '우페크샤upeksha'라고 불리는 비非분별 (nondiscrimination)의 지혜 덕분에 우리는 남들과 싸우지도 않고 다투지도 않고 경쟁도 하지 않는다. 우리가 다른 사람들과 동떨어진 존재라는 관념에 사로잡히지 않을 때, 그때 우리 사이에 하모니가 이루어질 수 있다. 친구에게 명상 수련법을 가르치면서 나는 나를 '선생'이라 부르지 않고 그를 '학생'이라 부르지 않는다. 우리 사이에 전해 주는 자도 없고 전해 받는 자도 없다. 우리는 하나이면서 같다. 함께 우리는 저마다 자라도록 도와준다.

벚나무에 꽃이 필 무렵

옛날 베트남에서는 벚나무에 꽃이 필 무렵 벚나무 축제를 벌였다. 언제쯤 꽃이 만개할지 가늠해 보고서 며칠에 걸쳐 벗들에게 보낼 초대장을 쓴다. 그러고는 벗들이 와서 향기로운 차茶를 마시며 즐길 수 있도록 만반의 준비를 갖춘다. 특별히 차에 곁들여 먹을 과자를 맥아麥芽로 만든다.

베트남에서는 조금 덜 여문 보리를 따뜻한 물에 담가 두어 싹을 틔운다. 싹이 나면 그것을 으깨어 반죽하는데, 설탕을 넣지 않아도 스스로 발효가 돼서 맛이 달콤하다. 반죽을 해 놓고는 강에 가서 자갈을 주워 물로 깨끗이 씻고 햇볕에 말린다. 그 자갈을 반죽으로 싸서 다시 말리면 속에 돌이 들어 있는 맥아과자가 된다. 우리 선조들은 차를 마시면서 그렇게 만든 과자를 함께 먹었다. 그런 과자를 만들려면 상당한 정성과 노력이 필요했다. 그걸 '과자'라고 부를 수는 있지만 진짜 과자는 아니었다.

하루 날을 잡아 집 안팎을 청소한다. 꽃이 활짝 핀 벚나무와 차와 자갈과자가 마련돼 있다. 간혹 날씨가 갑자기 추워져서 예측한 날에 벚꽃이 활짝 피지 않을 때가 있다. 그러면 사람들이 벚나무 아래에서 북을 두드려 나무에게 기운차려 꽃을 피우라고 격려해 준다. 과거에 그랬다. 유치하게 들릴 수 있겠지만, 너무나 시적詩的이고 아름다운 정경이었다.

사람들이 오면 뜰로 영접한다. 분위기는 들떠 있고, 벗들은 모여들고, 정말 대단한 사건이었다. 이 특별한 잔치에 아이들과 손자

손녀들이 모여들어 자유와 우정의 즐거운 분위기를 마음껏 즐긴다. 사람들은 아이들에게 이래라저래라 가르치지 않았다. 아이들은 그냥 그것을 경험했고 스스로 동참했다.

당신은 친구들과 함께 벚나무 축제를 벌일 형편이 못 되고 맥아로 자갈과자를 만들 수 없을지 모르겠다. 그래도 시간을 내어 기쁨과 아름다움과 단순함으로 다과를 함께 나누는 특별한 자리를 당신은 마련할 수 있고, 그렇게 해서 당신 자녀들을 더 깊은 영성생활로 인도할 수 있을 것이다.

문 닫기

아이들이 가끔 내게 묻는다.

"명상을 왜 하나요?"

내가 명상하는 이유는 명상하는 게 좋아서다. 하지만 나는 앉아서만 명상하는 게 아니다. 걸으면서 하는 명상이나 서서 하는 명상도 좋아한다. 당신은 줄을 서서 물건을 사거나 식사할 차례를 기다려야 할 때가 있을 것이다. 그때 당신은 당신 자신과 주변 사람들이 거기 있는 것을 즐기며 들숨과 날숨을 알아차리는, 마음 챙겨 숨쉬는 수련을 할 수 있다.

명상은 다양한 형태로 할 수 있다. 차를 운전할 때 마음 챙겨 들숨과 날숨을 즐긴다면, 명상 수련을 하고 있는 거라고 말할 수 있다. 접시를 닦으면서 들숨과 날숨을 즐기고 미소를 지으면 접시 닦는 일이 즐거워진다. 나는 접시 닦는 것을 매우 즐긴다. 접시를 닦는 것은 그릇을 깨끗하게 하는 동작일 뿐 아니라 접시 닦는 일 자체를 즐기는 것이다. 마음챙김에서 오는 에너지로 일상의 모든 행동이 즐거워질 수 있다.

나는 매일 이 가르침을 수련한다. 내가 사미승일 때 하루는 스승께서 나에게 무슨 일을 시키셨다. 나는 스승을 몹시 사랑하고 존경했으므로 그분을 위해서 무슨 일을 한다는 사실에 잔뜩 흥분되었다. 그런데 그 흥분이 너무 지나쳤던지 마음을 챙기지 못했고 방을 나가면서 문을 세차게 닫아 버렸다. 스승께서 나를 불러 세우고 말씀하셨다.

"애야. 문을 다시 닫아 보아라. 방금 닫은 것보다 좀 더 잘 닫아
봐."

이 말씀에 나는 내 수련이 부족했음을 알아차렸다. 그래서 스
승께 절하고 한 걸음 두 걸음 마음 챙기며 온몸으로 걸었다. 나는 방
을 나가며 아주 조심스럽게 문을 닫았다. 스승께서는 두 번 다시 말
씀하시지 않았다. 지금도 문을 닫을 때면 그분을 기억하면서 마음
을 챙긴다.

여러 해 뒤, 켄터키에서 트라피스트 수도자 토머스 머튼과 함
께 있을 때 이 이야기를 들려주었더니, 그가 말했다.

"당신이 일러주지 않아도 알고 있었소. 당신이 문을 어떻게 여
닫는지 보았으니까."

한 달 뒤에 나는 켄터키 수도원을 떠났는데, 그가 자기 학생들
에게 나의 문 닫는 이야기를 들려주었던 모양이다.

한참 더 세월이 흐르고, 한 가톨릭 여신도가 독일에서 프랑스
자두마을 수련센터로 피정을 왔다. 그녀가 수련센터를 떠나던 날,
자기는 호기심으로 이곳에 왔다고, 녹음된 토머스 머튼의 강론에서
들은 대로 정말 내가 문을 그렇게 닫는지, 그걸 보러 왔다고 말했다.

리아 잎

중부 베트남 고원 지대 숲속 우리 오두막 근처에 살던 원주민들은 대나무, 등나무, 난초, 사슴고기 등 숲에서 거둔 것들을 도시 사람들에게 내다 팔았다. 하지만 리아ria 잎만은 절대 팔지 않았다. 그들은 그 잎사귀가 발에 쥐나는 걸 막아 준다고 했다. 내 생각에는 관절염을 감소시키는 성분이 함유되어 있는 것 같다. 다이 하 아저씨는 그것이 불면증에 효과가 있다고 말했다. 이따금 우리는 값진 리아 잎을 채취해서 그것으로 수프를 끓여 달라고 탐 후에 아주머니에게 부탁했다. 하지만 원주민 친구들은 그것으로 수프를 만들어 먹지 않았다. 대신 잎을 으깨고 소금을 쳐서 증기로 쪘다. 그들이 좋아하는 별미였다.

어느 날 오후, 식물학 교수 미스 푸옹이 사이공에서 왔다. 그녀가 리아 잎으로 생각되는 풀을 뜯어다가 그것으로 수프를 끓였다. 그 '리아' 수프를 먹고 우리 모두 열이 약간 오르면서 기분이 붕ㅡ떴다. 그 뒤 식물을 제대로 알아보지 못한 마음씨 고운 그 식물학자 친구를 놀리는 재미가 깨소금이었다.

설거지

내가 투 히에우 사원의 사미승으로 있을 때는 즐겁게 설거지하기가 쉽지 않았다. 해마다 안거安居 철이면 모든 승려들이 한 곳에 모여 석 달 동안 수행을 함께하는데, 사미승 둘이서 백 명도 넘는 스님들이 먹을 음식을 만들고 설거지를 해야 할 때도 있었다. 그 시절에는 비누가 없었다. 있는 거라곤 재, 쌀겨, 코코넛 껍질이 전부였다. 쌓여 있는 바리들을 깨끗이 닦는 일은 고역이었고, 특히 물이 얼어붙는 겨울에는 더 그랬다. 우리는 그릇을 닦기 전에 물부터 큰 주전자에 끓여야 했다. 지금은 액체비누도 있고 특수 수세미도 있고 쏟아지는 더운 물도 있어서 즐겁게 설거지하기가 훨씬 쉬워졌다.

내 생각에, 설거지가 즐겁지 않다는 생각은 그것을 기꺼이 하려고 하지 않을 때 일어나는 것 같다. 일단 싱크대 앞에 서서 소매를 걷어 올리고 더운 물에 손을 담그면 설거지가 정말 즐거운 일로 된다. 나는 접시와 물과 내 손의 움직임에 온전히 깨어 있으면서 접시 하나하나와 함께 보내는 시간을 즐긴다. 내가 만일 얼른 일을 마치고 디저트를 먹거나 차를 마시기 위해서 설거지를 서두른다면, 그릇 닦는 시간이 즐겁지도 않고 살맛도 별로 나지 않을 것이다. 그건 참 안된 일이다. 내 삶의 일분일초가 하나의 기적이기 때문이다. 접시들이 거기 있고 내가 그것들을 닦는다는 사실, 이게 바로 기적이다.

내가 만일 접시들을 즐겁게 닦지 않거나, 디저트 먹고 차 마시려고 설거지를 서두른다면 막상 디저트를 먹고 차를 마시는 시간에도 그것들을 즐기지 못할 것이다. 손에 포크를 들고서 뒤에 할 일을 생각할 것이고 그러면 디저트의 맛과 식감을, 그것을 먹는 즐거움과 함께 잃어버릴 테니까. 그렇게 나는 계속 미래로 달려가고, 그리하여 삶을 몽땅 놓치고, 지금 이 순간을 결코 살지 못할 것이다.

알아차림의 햇빛 안에서 하는 모든 생각, 모든 행동이 신성하다. 이 빛 안에서는 성聖과 속俗 사이에 경계가 없다. 설거지를 그렇게 하면 많은 시간이 걸리긴 하지만 나는 매 순간을 충실히 살고 그래서 행복하다. 설거지는 그 자체가 수단이면서 목적이다. 우리는 그릇을 깨끗이 하기 위해서만 설거지를 하는 게 아니다. 설거지 자체를 위해서, 그릇 닦는 순간을 충실히 살고, 자기 삶에 진실히 접속하기 위해서, 그래서도 설거지를 하는 것이다.

두리안

동남아시아의 많은 사람들이 두리안durian이라는 크고 가시 돋은 열매를 좋아하는데, 그 냄새가 몹시 강렬하다. 그것에 중독된 사람들도 있는 모양이다. 열매를 먹고 나서 향을 계속 즐기려고 껍질을 침상 밑에 두는 사람들도 있다. 나는 두리안 냄새가 끔찍한 편이다.

베트남 절에서 혼자 염불수련을 할 때였다. 어느 날, 붓다에게 바쳐진 두리안이 제단 위에 놓여 있었다. 나는 법고法鼓와 사발 모양의 종을 울리며 법화경法華經을 독경하려고 노력했지만, 그 냄새 때문에 도저히 마음을 집중할 수 없었다. 결국 독경을 계속하기 위해서 종을 밀쳐 놓고 그 자리에 두리안을 묻어 두기로 했다. 나는 독경을 마치고 나서 붓다께 절을 올리고 두리안을 다시 해방시켰다.

만일 당신이 나에게, "스님을 무척 사랑합니다. 그래서 이 두리안을 좀 드릴까 합니다."라고 말한다면 나는 손사래를 치며 물러날 것이다. 당신은 나를 사랑한다고, 내가 행복하기를 바란다고, 그래서 내가 두리안을 먹었으면 좋겠다고 말할 수 있다. 그게 바로 이해 없는 사랑의 본보기다. 당신 의도는 좋다. 하지만 당신은 정확한 이해가 없다.

누구를 사랑할 때 당신은 그가 행복하기를 바란다. 그가 행복하지 않으면 당신은 행복할 수 없다. 행복은 개인적인 것이 아니다. 참 사랑은 깊은 이해가 바탕이 되어야 한다. 실제로, 사랑은 이해의 다른 이름이다. 제대로 이해하지 못하면 제대로 사랑할 수 없다. 이해 없는 사랑은 다른 사람을 괴롭힐 따름이다.

차오르는 밀물 소리

사이공 불교학원에 있을 때 나는 말하자면 개혁파 수도승이었다. 나는 불교가 베트남 인민을 해방하고 통일시킬 수 있기를 바랐다. 그러나 우리를 그럴 수 있도록 훈련시키는 특별한 방법을 당시 불교는 우리에게 제공하지 못했다. 불교의 가르침과 수행법을 개혁하지 않으면 인민을 통일시키고 사회 불의와 전쟁을 불식하는 데 도움 될 만한 구체적 방법을 불교가 제시할 수 없겠다고 우리는 생각했다.

우리가 디딘 첫걸음은, 우리 생각을 발표할 소식지를 간행하는 것이었다. 그때 우리에게는 사진기는 관두고 등사기도 없었다. 학승學僧들이 글을 써 오면 그것을 묶어 소식지로 만들었다. 모두가 열심이었고, 소식지 제목은 〈차오르는 밀물 소리(Voice of the Rising Tide)〉로 붙였다. 〈차오르는 밀물 소리〉는 세상의 모든 소리를 능가하는 소리다. 잡지는 손에서 손으로 전해졌고, 불교학원의 모든 사람이 그것을 읽었다. 교사들 가운데는 거기 발표된 생각들이 새롭고 신선하고 자극적이라면서 잡지를 좋게 평가한 이들도 있었지만, 어떤 교사들은 우리가 위험하다면서 잡지 발행을 금지시켰다.

학원의 많은 교사들이 평화, 자비, 무아無我, 중생의 행복을 말했지만 그것을 실천하는 사람은 거의 없었다. 입으로는 중생-제도를 말하면서 가난하고 억압당하는 이들을 위한 어떤 구체적 행동도 취하지 않았다. 베트남의 많은 청년들이 공산당이나 국민당 같은 혁신적 정치집단에 고무되어 가입하던 시절이었다. 프랑스에 저항하여 그들을 나라 밖으로 몰아내기 위한 정치운동 단체들이 수십 개씩 결성되었고, 많은 젊은이들이 사회정의를 위한 투쟁에 나섰다. 젊은이라면 조국을 위해서 뭔가 하고 싶은 게 당연하다. 많은 청년 수도승들이 마르크시즘에 매료당하여 절 밖으로 나가서 그들의 운동에 가담하고 싶은 유혹을 받았다.

불의에 저항하는 행위, 그것만으로는 충분치 못하다. 우리는 행동이 마음챙김을 구현해야 한다고 생각한다. 깨어서 알아차리지 않으면 행위가 더 많은 고통을 초래할 따름이다. 우리는 마음 챙겨 행동하기 위해서는 명상과 행동이 결합되어야 한다고 믿었다.

그런데 학원은 너무나 보수적이었고 변화를 용납하지 않았다. 그래서 우리 넷은 그곳을 떠나기로 결심했다. 불교의 교육과 수행법이 개혁되고 새로워져야 한다는 편지를 남기고 우리는 그곳을 떠났다. 우리의 행동은, 만일 그들이 우리 주장에 귀 기울이지 않으면 학원의 다른 많은 학생들이 떠날 수 있음을 알리는, 마음챙김의 종소리 같았다. 우리는 마땅한 방식으로 불교를 공부하고 가르치고 실천할 수 있는 새로운 공동체를 설립하고 싶었다.

학원 측에서 매우 강경한 반응을 보였다. 우리는 겨우 네 명이고, 학원은 막강한 힘이 있었다. 그들은 우리가 새로운 무엇을 시도하는 줄 알았고, 우리가 수도승이니만큼 어디 다른 절로 가서 몸을 의탁할 것이라고 생각했다. 그래서 그들은 우리가 떠난 지 사흘 뒤에, 우리를 받아들이지 말라는 서신을 모든 절에 보냈다.

몹시 힘든 시절이었다. 우리에게는 돈이 없었다. 그래도 남쪽에 아는 수련자매가 살았고 우리는 일단 그녀 집에 신세를 지기로 했다. 그러다가 우리를 지원하러 온 벗들의 수가 늘어나면서 시골에 땅을 마련하여 작은 절을 지을 수 있게 되었다. 우리에게는 열정과 동기와 선한 의지가 넘쳐났다. 우리는 돈, 권력, 명예를 추구하지 않았다. 우리가 추구한 것은, 사회를 바꾸고 시대의 도전에 응할 수 있도록 우리를 도와주는 그런 불교였다.

5년 뒤에 우리는 새 집으로 거처를 옮겼고 나는 사이공 불교학원으로 돌아갔다. 그 무렵에 수련공동체가 설립되었다. 나는 경제, 교육, 정치, 인도주의 행동 분야에 불교의 가르침을 적용하고 새롭게 하는 내용으로 몇 권의 책과 잡지를 출판하였다. 그때는 학원도, 사람들을 너무 많이 잃지만 않는다면, 변화할 필요가 있음을 알았고 그래서 철학, 비교종교학, 과학을 가르치는 강좌를 개설하였다.

수년 세월이 흐른 1964년, 사이공 불교 총무원에서 주간지로 〈차오르는 밀물 소리〉를 발행하는데 편집주간 일을 나에게 부탁했고, 나는 그것을 받아들였다. 우리가 수작업으로 처음 잡지를 펴낸 지 십 년 세월이 흐른 덕분에 이번에는 〈차오르는 밀물 소리〉가 인쇄 제본되어 널리 배포되었다. 편집 요원들이 나라의 평화와 통일을 이루기 위한 불교공동체의 사업을 취재하여 보도하기 시작했다. 불자들이 외부 발언을 높이고, 거대한 거리 시위와 굶주림 파업을 이끌고, 논문과 편지들을 기고했다. 세련되고 급진적인 시인들의 시를 받아서 전문을 싣기도 했다. 잡지는 곧장 베트남에서 가장 많이 읽히는 불교 주간지가 되었다. 매주 5천 부를 찍었는데, 후에와 다낭까지 비행기로 날아갔다.

우리 모두 사이공에서 잡지 일을 하고 있을 때, 나는 도시 중심부에서 오토바이로 한 시간가량 떨어진 죽림사 터에 작은 초가를 짓고 거기 머물렀다. 그곳에 사는 형제들이 그 절을 우리가 쉴 수 있는 가장 놀랍고 행복한 장소로 만드는 데 도움을 주었다. 매주 우리는 그곳에 가서 앉기 명상, 걷기 명상을 함께하며 더 밝은 미래를 그려 보았다.

드디어 우리가 꿈꾸던 일, 인민의 욕구를 채워 주는 수행에 근거한 행동을 실현할 수 있었다. 그 경험은 사회 참여를 겸한 수행이 가능할 뿐 아니라, 진정하고 평화로운 변화를 바란다면 반드시 해야 하는 것임을 우리에게 보여 주었다.

전쟁과 망명

마지막 쌀자루

프랑스-인도차이나 전쟁이 한창이던 1946년, 나는 중앙 베트남 후에 지방의 투 히에우 절 사미승이었다. 당시 후에시市는 프랑스군이 점령한 상태였다. 하루는 프랑스 병사 둘이 절에 왔다. 하나는 문밖에 세워 둔 지프에 앉아 있고 다른 하나가 총을 들고 들어와서 쌀을 있는 대로 모두 내놓으라고 우리를 윽박질렀다. 절간에 남아 있는 건 쌀 한 자루가 전부였는데 그걸 가져가겠다는 거였다. 그 병사는 아직 스무 살이 안 돼 보였고, 마르고 창백한 모습이 말라리아를 앓고 있는 듯했다. 말라리아는 나도 앓아 본 병이었다.

어쩔 수 없이 무거운 쌀자루를 져다가 지프에 옮겨 실었다. 거리가 꽤 멀었고, 무거운 쌀자루에 눌려 비틀거리자니 속에서 분노가 치밀었다. 그들이 절간에 남아 있는 쌀을 몽땅 가져가면 우리 식구들이 먹을 것이 없다. 절로 돌아오면서 나는 울었다. 나중에 나는 스님들 가운데 한 분이 큰 쌀독 하나를 마당 구석에 몰래 묻어 두었다는 걸 알았다.

오랜 세월이 흐르고 언젠가 그 프랑스 병사에 대하여 명상을 하게 되었다. 부모와 형제자매와 친구들을 떠나 멀고 먼 베트남까지 와서 누군가를 죽이지 않으면 자기가 죽을 수 있다는 두려움에 사로잡힌 십 대 소년이 거기 있었다. 그 소년이 안 죽고 살아서 부모가 기다리는 집으로 돌아갔을까? 가끔 그게 궁금했다. 그가 생존하지 못했을 확률이 많다. 프랑스-인도차이나 전쟁은 수년 동안 지속되었고, 디엔 비엔 푸 전투에 프랑스군이 패하면서 1954년 제네바 협정으로 막을 내렸다. 당시를 깊이 들여다보며, 베트남 사람들만이 전쟁의 희생자가 아니고 프랑스 병사들도 똑같은 희생자였음을 깨달았다. 그러자 더 이상 그 프랑스 병사에게 분노할 수 없었다. 오히려 그를 향한 자비심이 솟아났고, 오로지 그가 잘되기만을 바랐다.

나는 그 프랑스군 병사의 이름을 몰랐고 그도 내 이름을 몰랐다. 그날 우리가 만났을 때는 서로 적이었다. 그는 절에 와서 먹을 것 때문에 나를 죽일 수 있었고, 나는 자신과 동료들을 지키기 위해서 그가 시키는 대로 해야만 했다. 하지만 우리는 본디 적으로 태어난 존재들이 아니었다. 다른 환경에서 만났더라면 가까운 친구도 될 수도 있고, 어쩌면 서로 그리워하는 형제간일 수도 있었다. 우리를 갈라놓고 우리 사이에 폭력을 끌어들인 건 전쟁이었다.

이것이 전쟁이다. 이것이 우리를 적으로 만든다. 한 번도 만난 적 없는 사람들이 겁에 질려 서로 죽인다. 전쟁은 수많은 고통을 가져다준다. 아이들은 고아가 되고 도시와 마을은 폐허로 된다. 난리 통에서 고난당하는 모든 사람이 희생자다. 그 엄청난 파괴와 고통을 배경으로 프랑스-인도차이나 전쟁과 베트남 전쟁을 경험한 나는, 또다시 일어날 모든 전쟁을 미연에 막겠다는 간절한 열망을 품었다.

나라들이 비록 평화의 이름으로 보낸다 하더라도 더 이상 젊은 이들을 전쟁터에 파병하지 않는 것이 내 기도다. '정의로운 노예제도' '정의로운 미움' 또는 '정의로운 인종 차별' 같은 개념들을 나는 용납할 수 없다. 마찬가지로 평화를 위한 전쟁 또는 '정의로운 전쟁'이라는 말도 받아들일 수 없다. 베트남 전쟁이 벌어지고 있을 때 내 친구들과 나는 우리가 중립인 것을, 우리에게는 아군도 적군도 없다는 것을, 북도 남도, 프랑스인도 미국인도 베트남인도 없다는 사실을 세상에 천명하였다.

어느 프랑스군 병사

1947년, 처음 사미계를 받은 어머니 절에서 그리 멀지 않은 바오 쿠오크사寺 불교학원에 적을 둔 학승學僧이었다. 제1차 인도차이나 전쟁이 한창 진행 중이었고, 프랑스 군대가 후에서 전역을 점령하여 그곳에 사령부를 두었다. 가끔 우리는 프랑스군과 베트남군 사이에서 오가는 총소리를 들어야 했다.

고산 지대 사람들이 나름대로 작은 방어진지를 구축했다. 밤마다 마을사람들은 스스로 집 안에 갇혀 어디에서 날아올지 모르는 연발사격으로부터 자기를 지켜야 했다. 그러다가 아침에 일어나면 간밤의 전투로 죽은 시체들과 석회에 피를 섞어서 쓴 슬로건들이 눈에 띄었다. 어쩌다가 스님들이 그 지역의 외딴 길을 걸었는데 다른 사람들, 특히 소개 명령을 받고서 최근에 돌아온 사람들은 좀처럼 그곳을 통과하려고 하지 않았다. 바오 쿠오크사가 기차역 가까이 있었는데도 사람들은 감히 그리로 갈 엄두를 내지 못했다. 결과가 뻔한 길이었다.

어느 날 나는 한 달에 한 번 허락된 어머니 절 방문을 위해서 바오 쿠오크사를 떠났다. 이슬이 풀잎에 맺혀 있는 이른 새벽이었다. 헝겊 바랑에는 법회 때 입을 승복과 불경 몇 권이 들어 있었다. 그리고 손에는 베트남 사람들이 오랜 세월 써 온 고깔 모양 밀짚모자를 들고 있었다. 나는 많은 사람들이 흠모하는 유서 깊은 고찰에서 스승님과 친구 도반들을 만날 생각에 기분이 가볍고 상쾌했다.

작은 언덕 하나를 막 넘어섰을 때 어디선지 외치는 소리가 들려왔다. 뒤편 언덕 위에서 손을 흔드는 프랑스군 병사가 보였다. 나는 그가 지나가는 승려에게 장난을 거는 줄 알고, 돌아서서 가던 길을 계속 내려갔다. 하지만 그게 그냥 웃어넘길 일이 아님을 직감으로 알아차렸다. 급히 달려오는 구둣발 소리가 등 뒤에서 들렸다. 내 바랑에 수상한 물건이 들었는지 조사해 보려는 것 같았다. 걸음을 멈추고 기다렸다. 마르고 잘생긴 얼굴의 병사가 다가왔다.

"어디 가는 건가?"

병사가 베트남 말로 물었다. 발음을 듣고서 나는 그가 프랑스인이고 베트남 말에 아주 서툴다는 걸 알았다.

내가 웃으며 프랑스 말로 되물었다.

"내가 베트남 말로 대답하면 당신 알아듣겠소?"

나한테서 프랑스 말을 듣자 그의 얼굴이 밝아졌다. 자기는 나를 심문할 뜻이 없고 그냥 하나 묻고 싶다고 했다.

"당신이 어느 절에서 오는 건지, 그걸 알고 싶소."

내가 바오 쿠오크사라고 하자, 흥미를 느끼는 것 같았다.

"바오 쿠오크사면, 기차역 가까운 언덕 위에 있는 큰 절을 말하는 거요?"

고개를 끄덕이자 언덕바지에 있는, 아마도 그의 경계초소인 펌프장을 가리키며 그가 말했다.

"바쁘지 않으면 나와 함께 저리 가서 얘기 좀 합시다."

우리는 펌프장 곁에 앉았다. 그가 자기와 다섯 병사들이 열흘 전 바오 쿠오크사에 갔던 이야기를 들려주었다. 베트남 저항군 베트민Viet Minh들이 절에 모여 있다는 정보를 듣고서 그들을 수색하려고 밤 10시에 들이닥쳤다는 것이다.

"우리는 그들을 찾아내기로 마음먹고 총을 휴대했소. 그들을 체포하는 데 필요하면 죽이라는 명령이었지. 하지만 막상 절간에 들어서자 우리는 정신이 멍해졌소."

"베트민들이 너무 많았던 거요?"

"아니, 아니오!"

그가 큰소리로 말했다.

"거기서 베트민을 만났으면 정신이 멍해졌을 리 없지. 그들이 아무리 많았어도 우리는 공격했을 거요."

내가 어리둥절해서 물었다.

"그럼 무엇 때문에 놀란 겁니까?"

"전혀 예상치 못했던 일이 벌어진 거요. 전에는 우리가 수색할 때마다 사람들이 도망을 치거나 겁에 질려 허둥거렸소."

내가 설명했다.

"무서운 일을 여러 번 겪었기에 겁이 나서 도망간 거요."

"나에게는 사람들을 겁주거나 위협하는 버릇이 없소."

그가 대꾸했다.

"그들이 겁에 질린 건, 우리보다 먼저 갔던 병사들한테 혼난 적이 있어서였을 거요."

그가 말을 이었다.

"우리가 바오 쿠오크사 마당으로 들어섰을 때 마치 완전 폐허로 된 장소에 들어간 것 같았소. 석유등잔들이 금방 꺼질 듯 가물거리더군. 우리는 일부러 자갈돌 밟는 소리를 크게 내며 들어갔지요. 분명 절에 많은 사람이 있는 것 같았지만 아무 데서도 인기척을 느낄 수 없었소. 믿기지 않을 만큼 고요한데, 한 전우가 소리를 질렀고,

나는 그게 오히려 불편했소. 내가 손전등으로 안에 아무도 없을 것 같은 방 안을 비추자 글쎄 거기 오륙십 명가량 되는 승려들이 조용히 앉아 있는 것이었소."

내가 고개를 끄덕이며 말했다.

"우리가 저녁 참선을 하는데 당신들이 왔던 거요."

"음, 마치 보이지 않는 이상한 힘 속으로 들어선 것 같았소. 그래서 우리는 등을 돌려 마당으로 나왔지. 승려들이 우리를 완전 무시했소. 아무 말도 하지 않고, 공포나 두려운 기색을 내보이지도 않았으니까."

"스님들이 당신네를 무시한 게 아닙니다. 다만 호흡에 집중하는 수련을 하고 있었을 뿐이고, 그게 전부요."

"그들의 고요에 깊이 빠지는 느낌이었소."

그가 덧붙여 말했다.

"내 속에서 존중하는 마음이 솟더군. 우리는 마당의 커다란 나무 밑에 조용히 서서 1시간 반쯤 기다렸소. 그러자 종소리가 연이어 울리고 절은 평상시 활기를 되찾았지요. 한 스님이 등불을 밝혀 들고 우리에게 다가와서 안으로 들어가자고 말했소. 우리는 왜 우리가 이 절에 왔는지를 설명한 다음, 그곳을 떠났는데, 그날부터 베트남 사람들에 대한 내 생각이 달라지기 시작했소."

그가 말을 계속했다.

"우리들 중에는 젊은이들이 많고 모두들 향수병에 걸려서 고향과 가족들을 그리워하지요. 베트민을 죽이러 이곳에 왔지만, 우리가 그들을 죽일지 아니면 그들한테 우리가 죽을지, 고향의 가족들한테 영영 돌아가지 못하는 건 아닌지, 아무도 모르오. 이곳에서

부서진 살림을 복구하느라 고생하는 사람들을 보는데, 2차 대전 직후 프랑스에 흩어져 살던 친척들이 떠올랐소. 호젓한 절에서 평화롭고 조용하게 사는 스님들 모습이 지구별에 사는 모든 인간 존재의 삶을 나에게 상기시켜 주었지요. 베트민과 우리 사이에 무슨 미워할 이유가 그리 많아서 우리가 머나먼 이곳까지 와서 그들과 싸우는 걸까요?"

나는 깊이 감동하여 그의 손을 잡았다. 그리고 이번 전쟁에 징집되어 많은 전투에서 승리를 거둔 내 친구 이야기를 들려주었다. 어느 날 그가 우리 절에 와서 눈물을 흘리며 나를 껴안았다. 하루는 적의 진지를 공격하려고 바위 뒤에 숨어 있는데, 두 어린 프랑스 병사가 거기 앉아서 무슨 이야기를 나누고 있더란다.

"나는 그 아이들의 밝고 맑고 천진한 얼굴을 보면서 방아쇠를 당길 수 없었네. 사람들은 내가 여리고 약하다고, 베트남 전사들이 모두 나 같았으면 벌써 나라 전체가 적군 손에 들어갔을 거라고, 그렇게 말하겠지. 하지만 그 순간에 나는 어머니가 나를 사랑하시듯이 그렇게 그들을 사랑하지 않을 수 없었어. 그들이 내 총에 맞아 죽으면 프랑스에 있는 부모들이 몹시 괴로워할 테니까. 내 아우가 죽었을 때 우리 어머니가 그러셨듯이!"

"당신도 알 거요."

내가 프랑스 병사에게 말했다.

"그날 그 젊은 베트남 병사의 가슴이 인간에 대한 사랑으로 가득 차 있었다는 걸."

프랑스 병사는 생각에 잠겨 조용히 앉아 있었다. 살생의 부조리함과 전쟁의 참혹함과 비통하게 죽어 가는 수많은 젊음의 고통을, 그도 나처럼, 가슴으로 느끼는 것 같았다.

해가 벌써 하늘 높이 솟았고 나는 떠날 시간이 되었다. 그가 자기 이름은 다니엘 마틴인데 나이는 스물한 살이고 베트남에 오기 직전 고등학교를 졸업했다고 말했다. 그러면서 어머니와 두 동생 사진도 보여 주었다. 우리는 서로 이해하는 마음과 우정을 품고서 헤어졌다. 외출하게 되면 우리 절을 방문하겠다고 약속했다.

몇 달 안 되어 그가 우리 절에 왔고, 나는 그를 선방禪房으로 안내하였다. 그리고 그에게 '탄 루옹'이라는 이름을 선물했다. '순결하고 신선한 삶'이라는 뜻이다. 군대에서 배운 베트남 말 몇 마디밖에 모르는 그에게 나는 베트남어를 가르쳤고 몇 달 지나자 제법 대화도 가능해졌다. 전에 가끔 했던 기습작전에 다시는 참여하지 않겠다고 그가 말했다. 나는 그 말을 받아들였다. 그는 고향에서 편지가 오면 나에게 보여 주기도 했다. 그리고 나를 볼 때마다 두 손 모아 합장했다.

절간 탑 그늘에 앉아 영성과 문학에 대하여 깊은 대화를 나누는 그런 날도 있었다. 내가 프랑스문학을 칭송하면 자기 나라 문화에 대한 자부심으로 눈이 반짝였다. 우리의 우정은 갈수록 더욱 깊어졌다.

그러던 어느 날, 탄 루옹이 절에 와서 부대가 다른 지역으로 옮기는데 자기는 머잖아 프랑스로 돌아갈 것 같다고 말했다. 내가 그를 절 문간까지 배웅하였고 거기서 우리는 서로 깊게 포옹했다. 그가 말했다.

"편지할게."

"자네 편지 받고 답장할 수 있으면 참 행복할 거야."

한 달 뒤, 그에게서 일단 프랑스에 갔다가 알제리로 갈 거라는 편지를 받았다. 거기서 다시 편지하겠다는 약속이 담겨 있었다. 그런 뒤로 아직 그의 소식을 모른다. 지금 탄 루옹이 어디 있는지 누가 알겠는가? 안전하게 잘 있을까? 하지만 나는 우리가 마지막 만났을 때 그가 평화로웠다는 사실은 분명히 알고 있다. 절에서 경험한 깊은 침묵의 순간이 그를 바꿔 놓았다. 그는 모든 살아 있는 것들이 자기 가슴을 채우도록 허락했고, 전쟁의 파괴성과 무의미함을 목격했다. 이 모든 일을 가능케 한 것은 잠시 하던 일을 멈추고, 침묵이라 불리는 기적의 바다, 강력한 치유 능력이 있는 바다에 자기를 열어놓는 순간이었다.

신선한 허브

베트남 전쟁 중에 우리는 걱정거리가 참 많았다. 날마다 사방에서 폭탄이 터지고 사람들이 죽어 나갔다. 내 마음은 어떻게 하면 전쟁과 살육과 고통을 멈추도록 도울 수 있을 것인지에 집중되어 있었다. 그러느라고 몸의 기운을 새롭게 해 주고 치유해 주는 생명의 경이로운 것들을 접할 시간이 없다고 생각했다. 바로 그 생각 때문에 실제로 나에게 필요한 자양분을 충분히 섭취할 수 없었다.

어느 날, 나를 도와서 우리 일을 함께할 젊은 여인이 왔다. 그녀가 베트남 사람들이 늘 먹는 신선한 야채와 향기로운 베트남 허브를 한 바구니 장만했다. 나는 그것들의 아름다움과 향기에 도취하여 숨을 깊게 들이마셨다. 신선한 허브들을 감상하는 것만으로도 몸의 균형이 충분하게 잡히는 느낌이었다.

나는 향기로운 허브 같은 것에 신경 쓸 시간이 없다고 생각했다. 하지만 그 순간, 내가 그런 것들에 스스로 마음 챙기지 않았다는 사실을 깨달았다. 나도 몸 안팎에서 기운을 새롭게 해 주고 치유해 주는 영양소들을 섭취하여 건강하게 살아갈 필요가 있었다.

활동가로서 우리는 세상을 돕고자 하는 우리의 일에 성공하려는 강한 욕망이 있다. 하지만 우리가 하는 일과 우리에게 필요한 영양소 사이의 균형을 유지 못한다면 크게 성공하지 못할 것이다. 걷기 명상, 마음 챙겨 숨 쉬기, 몸과 마음을 휴식하기, 우리 안팎에서 기운을 새롭게 해 주고 치유해 주는 영양소 섭취하기, 이것들이야말로 우리의 생존에 치명적으로 중요한 요소들이다.

포기하지 말 것

1964년, 〈차오르는 밀물 소리〉를 새로 펴내던 바로 그해에 우리는 '사회봉사를 위한 청년학교(School of Youth for Social Service, 이하 SYSS)'를 설립했다. SYSS는 수천 명의 젊은이들을 훈련시켜 전쟁으로 부서진 오지 마을에 인도주의적 구조대를 파견하였다. 하루는 쾅 트리 지방에서 우리가 복구를 도왔던 트라 로크 마을이 폭격당했다는 소식을 들었다. 베트남의 남부와 북부를 갈라놓은 비무장지대(DMZ) 가까운 곳이었다. 우리—나와 SYSS의 동료 활동가들—가 1년 넘게 머물며 사람들이 삶을 즐길 수 있도록 조성한 아름다운 마을이었다. 그런데 어느 날, 공산당 게릴라들이 그 마을에 숨어 있다는 정보를 듣고 미국 폭격기들이 폭탄을 떨어뜨린 것이다.

마을사람들은 집을 잃었고 우리 활동가들은 다른 곳에서 피난처를 마련하는 중이었다. 그들은 마을을 복구할 것인지 말 것인지를 두고 우리의 생각을 물어 왔다. 우리는 말했다, "그럼요, 당신들은 마을을 복구해야 합니다." 그 마을을 복구하는 데 여섯 달이 걸렸다. 그런데 2차로 또 폭격을 당했다. 다시 사람들이 집을 잃었다. 우리는 전국 여러 곳에서 여러 마을을 복구했지만 비무장지대 가까운 곳에서는 무척이나 어려운 일이었다. 활동가들이 그 마을을 세 번째로 다시 복구할 것인지에 대하여 우리에게 문의해 왔다. 많은 의논 끝에 우리는 말했다, "예, 다시 세워야 합니다." 그래서 우리는 그 마을을 세 번째로 다시 세웠다. 그리고 무슨 일이 일어났는지 아시는가? 미군 폭격기가 세 번째로 그 마을을 폭격했다. 우리는 거의 절망 상태로 되었다.

인간에게 일어날 수 있는 가장 고약한 것이 절망이다. 우리는 세 번 마을을 복구했고, 마을은 세 번 폭격을 당했다. 다시 질문이 던져졌다. "마을을 복구할 것인가? 아니면 포기할 것인가?" 본부에서 많은 토론이 이루어졌다. 그만 포기하고 싶은 유혹이 우리를 찾아왔다. 하지만 우리는 충분히 지혜로웠고, 결국 포기하지 않기로 결정했다. 재건하지 않는 것을 스스로 용납할 수 없음을 우리는 알고 있었다. 만일 우리가 트라 로크 마을을 포기했더라면 희망을 포기했을 것이고, 우리가 희망을 포기했더라면 절망에 압도당했을 것이다. 결국 네 번째로 마을을 복구하였다.

우리는 전쟁이 끝나기를 간절히 원했다. 하지만 그건 우리가 할 수 있는 일이 아니었다. 상황이 우리 손에 달려 있지 않고, 강한 힘을 가진 자들 손에 달려 있기 때문이었다. 너무나 오래 전쟁이 지속되고 있었기에 종전을 희망할 수 없을 것 같았다. 나는 마음 챙겨 숨 쉬기를 수련하면서 거듭거듭 나 자신에게로 돌아와야 했다. 실제로 당시 내 속에 거의 희망이 없었다고 고백하지 않을 수 없다. 그러나 내가 희망을 잃으면 수많은 젊은이들이 무너질 참이었다. 나는 더 깊은 수련으로 내 안에 조금 남아 있는 희망을 지켜, 그들에게 피난처가 되어 주어야 했다. 그 어려운 상황에서 우리는 집으로 돌아가 자기를 회복하고 각자의 자유, 평화, 고요를 다시 일으켜 세우고 그렇게 하여 계속 일하러 나가야 했다. 우리 삶에서 영적인 차원이 그토록 중요한 이유가 여기에 있다.

젊은이들 한 그룹이 함께 앉은 자리에서 이렇게 물었던 기억이 난다. "테이, 전쟁이 곧 끝나리라고 희망하시나요?" 그 무렵 나는 전쟁이 끝나리라는 징조를 어디에서도 볼 수 없었다. 하지만 그들도 나도 절망의 바다에 빠지는 것을 나는 원치 않았다. 한참 침묵하다가 대답했다.

"친구들, 모든 것이 무상無常하다고 붓다께서 말씀하셨소. 언제고 전쟁은 끝나게 돼 있어요."

문제는 그 무상함을 촉진시키기 위하여 우리가 할 수 있는 일이 무엇이냐다. 우리가 할 수 있는 일들이 있다. 각자 자기 집으로 돌아가서 현재 상황에 도움을 주기 위하여 자기가 할 수 있는 일이 무엇인지 깊게 들여다보는 것이 매우 중요하다. 행동하는 것 자체가 우리를 절망에 빠지지 않도록 도와준다.

보는 것의 쓸모

베트남 전쟁으로 수많은 마을들이 폭격을 당했다. 우리 절에서도 어떻게 할 것인지 결정을 내려야 했다. 절에서 수행을 계속할 것인가? 아니면 폭탄세례로 고통당하는 사람들을 실제로 돕기 위해 선방禪房을 떠날 것인가? 심사숙고 끝에 둘 다 하기로, 밖에 나가서 사람들을 돕되 마음을 챙겨서 하기로 결정했다. 우리는 그것을 참여불교(engaged Buddhism)라 불렀다. 마음 챙기기로 현실에 참여해야 한다. 일단 해야 할 일이 보이면 행동을 취해야 한다. 보는 것과 행동하는 것이 함께 간다. 그러지 않으면 본다는 게 무슨 소용인가?

우리는 세계의 진정한 문제들에 깨어 있어야 한다. 그러면 마음챙김과 집중 그리고 통찰을 통해서 우리가 사람들을 돕기 위해 무엇을 할 것인지, 무엇을 하지 말아야 할 것인지 알게 될 것이다. 자기 호흡을 알아차리고 한결같은 마음의 평정을 수련하면 어려운 상황에서도 많은 사람, 동물, 식물들이 우리의 행동방식에서 혜택을 입을 것이다. 당신은 기쁨과 평화의 씨를 심고 있는가? 나는 내 발걸음마다에서 그 일을 정확히 하려고 한다. 모든 발걸음이 그대로 평화다. 우리는 이 여정을 계속할 것인가?

비행장

1964년 어느 날, 나는 베트남 중앙 고원 지대의 한 비행장에 앉아 있었다. 전쟁 중이었고 거기서 북부 다낭으로 가는 비행기를 기다리고 있었다. 그 지역에 발생한 홍수로 입은 피해 상황을 조사하러 가는 길이었다. 사정이 매우 급박했기에 가장 먼저 떠나는 비행기를 탔더니 의복과 담요를 운반하는 군용 수송기였다. 하지만 그건 중앙 고원 지대의 플레이 쿠까지만 가는 비행기였고 그래서 다음 비행기를 기다리며 활주로에 혼자 앉아 있었던 것이다.

조금 있자니 한 미군 장교가 다가왔다. 그도 다음 비행기를 기다리는 것 같았다. 텅 빈 비행장에 우리 둘만 있었다. 그 젊은 미군 장교를 보는데 문득 불쌍하다는 마음이 들었다. 저 친구는 왜 죽이거나 죽으려고 이곳 베트남까지 와 있는 것인가? 측은한 마음에서 그에게 말을 걸었다.

"당신 베트콩이 무섭겠소."

베트콩은 베트남의 공산당 게릴라를 가리키는 이름이다. 그가 급히 총으로 손을 가져가며 물었다.

"당신, 베트콩?"

내 말이 서툴었다는 걸 금방 깨달았다. 그의 속에 있는 두려움의 씨에 물을 주었던 것이다. 베트남으로 파병되기 전에 미군 병사들은 베트남에서는 누구든지 베트콩일 수 있다는 교육을 받아서 그 안에 두려움이 잠복되어 있는 상태였다. 애들도 엄마도 스님도 누구나 게릴라일 수 있다고, 병사들은 그렇게 교육을 받았고 그래서 가는 곳마다 언제든 적으로 바뀔 수 있는 사람들을 만나야 했다. 나는 그에게 연민의 정을 베풀고 싶었을 뿐이었다. 하지만 그는 "베트콩"이라는 말을 듣자 공포에 사로잡혀 자동으로 손이 총에 닿았다.

나는 내가 아주 고요해져야 한다는 걸 알았다. 숨을 깊이 들이쉬고 내쉬다가 조용히 말했다.

"아니오. 나는 그저 이번 홍수로 입은 피해 상황을 조사하기 위해서 다낭 가는 비행기를 기다리고 있소."

가만히 앉아 조용히 말하면서 나는 그를 향한 나의 연민과 함께, 전쟁이 베트남 사람들뿐만 아니라 미국인들에게서도 많은 희생자를 냈다는 내 생각이 전달되기를 바랐다. 다행히도 나의 침착하고 조용한 태도에 그가 안심이 되었는지 총에서 손을 떼었다. 내가 마음을 챙겨 조용히 말했기에 우리는 서로 얼마쯤 이해하면서 남은 여정을 계속할 수 있었다.

위험은 자주 안에서 온다. 미리 막을 수 없는 돌발 사태가 벌어져도 침착하게 깨어 있으면 잠재된 위험이나 치명적인 사태를 조용히 가라앉힐 수 있다.

무더위

1965년 사이공, 나는 반 한 대학 비좁은 사무실에서 전쟁 난민 구조 일을 하고 있었다. 실내가 무척 더웠다. 종이로 바른 천장은 뜨거운 땡볕의 열기를 막아 주지 못했고, 밤이면 안뜰 나무 그늘에서 더위를 피해야 했다. 심한 열기가 우리의 식욕마저 앗아 갔다. 그런 날들에는 도시를 벗어나 시골 작은 마을로 들어가는 것 자체가 시원한 강물에서 헤엄치는 것만큼이나 즐거운 일이었다. 불어오는 산들바람을 맞으며 논밭과 소나무들을 바라보는 것만으로 몸과 마음이 신선해졌다.

사이공의 이웃인 투 씨가 하루는 내가 일하는 방에 에어컨을 한 대 들여놓는 게 어떻겠느냐고 권해 왔다. 그는 어떻게든지 나를 도와주고 싶었고, 그래서 비용은 들겠지만 그것이 우리의 작업능률을 배가시킬 거라고 했다.

말은 맞는 말이었다. 사실 너무 더워서 글을 쓸 수 없었다. 그래도 나는 에어컨을 들여놓지 않기로 했다. 돈 문제가 아니었다. 본사本寺에서도 그 생각에 동의하여 너무 비싸지 않은 물건으로 하나 알아볼 것을 지시했다. 하지만 그렇게 하면 가난한 이웃들 가운데 우리가 에어컨을 가진 유일한 사람들이 될 것이고, 그러면 우리를 보는 그들의 눈도 달라질 것이었다. 고물 차 한 대 굴리는 것과 에어컨을 소유하는 것은 완전 다른 일이다.

그래서 나는 다른 해결책을 모색하였다. 우리 절 바로 이웃 이층집에 베어 씨 혼자 살고 있었는데, 아침이면 오토바이로 일하러 나갔다가 저녁까지 돌아오지 않았다. 나는 한낮의 더위가 극심할 때 당신 집 아래층 방을 우리가 쓸 수 있겠느냐고 그에게 물었고, 그가 그러라고 했다. 방문객들의 방해를 받지 않고서 글을 쓰거나 다른 일을 하고 싶을 때면 나는 그 집으로 가곤 했다.

베트남에서는 친구들이 아무 때나 제 맘대로 집에 들어온다. 누구도 먼저 전화를 걸거나 미리 약속 같은 것을 하지 않는다. 나는 집을 비워 두는 것으로 실례를 범하지 않았고, 아무나 들어올 수 있도록 했다. 하지만 하루에 몇 시간은 대학 사무실에서 일을 해야 했는데, 그것은 나로서 더없이 힘든 고역이었다.

더위 해결책이 하나 더 있었다. 이웃 노점상이 만들어 파는 차고 달콤한 수프였다. 그리고 그녀는 콩과 빈랑나무 꽃으로 수프를 만들었는데, 중부 베트남 사람들이 즐겨 먹는 것과 비슷했다. 나는 두 가지 수프를 다 좋아했다. 베트남에서는 그 달콤한 수프를 '체'라고 부르는데, 먹어 보지 못한 사람에게 그 맛을 설명하기란 대단히 어렵다. 하지만 진짜 맛있다. 노점상 주인은 그것을 차갑게 식혔다. 더운 날에 찬 수프 두 대접이면 서늘한 코코넛 밀크를 큰 잔으로 하나 마신 것만큼이나 시원했다.

여러 해 전에 종이로 된 램프 위에 한문 넉 자를 써 놓은 적이 있었다. 그 넉 자를 풀면 "네가 평화를 원하는 즉시 너에게 평화가 있다." 는 뜻이다. 몇 년 세월이 흐른 1976년 싱가포르에서 그 말을 실천에 옮길 기회가 있었다.

싱가포르에서 열린 '종교와 평화' 회의에 갔다가, 정부가 '보트 피플boat-people'이라고 부르는, 박해와 폭력을 피하여 고향을 등지고 배를 탄 베트남 난민들의 처지를 알게 되었다. 당시에는 세계가 보트피플의 존재를 알지 못했고 타일랜드, 말레이시아, 싱가포르 정부는 그들의 상륙을 허락하지 않았다. 특히 싱가포르의 정책이 가혹했다. 난민들이 해변에 상륙하려고 시도할 때마다 그들을 바다로 밀어내어 죽게 만들었다.

우리들 몇이 난민들을 돕기 위한 프로그램을 조직하고, 그 프로그램 이름을 '피가 흐를 때 우리 모두 괴롭다(When Blood Is Shed, We All Suffer)'로 지었다. 우리는 공해상의 난민들을 위해서 큰 배 두 척 (리프달호와 롤랑드호)을, 육지와 보트 사이로 오가며 일용품과 식품을 운반할 작은 배 두 척(사이공 200호와 블랙마크호)을 임대했다.

큰 배 두 척에 난민들을 싣고 호주나 괌으로 가서 도착하면 언론에 정보를 주고 그래서 세계가 그들의 곤경을 알고 그들을 돌려보내지 않도록 하자는 것이 우리의 계획이었다. 자비를 말하는 것만으로는 충분치 않다. 우리는 자비를 실천해야 한다. 당시 대부분 나라의 정부가 보트피플의 존재를 상관하고 싶어 하지 않았으므로

우리는 일을 비밀리에 진행해야 했다. 만일 우리 존재가 발각되면 싱가포르에서 추방당할 것임을 우리는 알고 있었다.

우리는 시암만灣에서 8백 명 가량의 보트피플을 구출하기로 계획을 짰다. 새해 전날 밤, 나는 큰 배에 있는 난민들과 대화하기 위해서 작은 배 '사이공 200호'를 타고 바다로 노를 저어 나갔다. 메가폰으로 그들에게 '해피 뉴이어'를 빌어 주었다. 작별인사를 마치고 해변으로 돌아오는데 어둠 속에서 갑자기 거대한 파도가 밀려오더니 내 몸을 흠뻑 적셨다. 마치 어둠의 큰 세력이 나에게 경고하는 것처럼 느껴졌다. "저들이 죽는 것은 저들의 운명이다. 왜 네가 간섭하느냐?"

싱가포르에서 누가 보트피플을 돕고자 한다면 법을 어기는 수밖에 없다. 우리는 어부들 집으로 가서 그들에게 말했다. "당신들이 만일 보트피플을 구출하게 되거든 곧장 우리한테 전화 주시오. 우리가 그들을 데려가서 당신들이 그 일로 정부의 벌을 받는 일이 없도록 하겠습니다." 우리는 그들에게 전화번호를 주었고 그들은 시시때때로 우리에게 전화를 주었다. 그러면 택시를 타고 가서 난민을 프랑스 대사관으로, 대사관 문이 닫힌 밤중에 데리고 와 담장을 넘어 들어가게 하고 거기서 아침이 밝을 때까지 기다리라고 했다.

당시 싱가포르 주재 프랑스 대사는 매우 자애로운 사람이었다. 아침에 보트피플이 발견되면 싱가포르 경찰에 전화를 걸어 그들을 데려가라고 했다. 그렇게 그들을 넘기면 '불법 체류자'로 되어 감옥에 갇힌다는 것을 그는 알고 있었다. 바다로 돌려보내져서 죽는 것보다 감옥에 갇히는 것이 그들에게는 훨씬 좋은 일이었다.

이런 일을 하면서 겪어야 하는 고통이 너무 심해서 우리는 일을 계속할 수 없을 만큼 영적으로 기운이 소진되었다. 그래서 앉기 명상과 걷기 명상을 끊임없이 실천했고 식사시간이면 몸과 마음을 집중하여 말없이 밥을 먹었다. 이런 수련을 병행하지 않으면 지금 하는 일에 실패할 것임을 우리는 알았다. 숱한 사람들 목숨이 우리의 마음챙김에 달려 있었다.

불행히도 우리가 바다에 떠다니는 작은 배들에서 난민을 8백 명쯤 구출했을 때 그들을 리프달호와 롤랑드호에 실어 호주로 가려는 우리 계획을 싱가포르 정부가 알았다. 어느 날 새벽 2시에 싱가포르 경찰이 내가 머물던 건물을 에워쌌다. 경찰 둘은 앞문을, 둘은 뒷문을 지키고 둘이 건물 안으로 들어왔다. 그들은 내 여권과 서류를 살펴보고 나서 스물네 시간 안에 이 나라를 떠나라고 명령했다.

그때 우리는 이미 8백 명 난민을 큰 배 두 척에 나누어 실은 뒤였다. 우리는 호주나 괌의 해변으로 그들을 안전하게 데려갈 방법을 찾아야 했다. 이제 어쩔 것인가? 우리는 깨어서 숨을 깊이 들이쉬고 내쉬어야 했다. 깊은 밤중에 어디 전화를 한들 누가 받을 것인가? 우리는 잠을 잘 수도 없었다. 결국 작은 아파트 방에서 천천히 걷기 명상을 시작했다.

사이공 200호와 블랙마크호로 양식과 물을 싣고 가는 것도 허락되지 않을 것이다. 롤랑드호에는 호주까지 갈 연료가 충분하지만 엔진이 고장 난 상태다. 그들이 먹을 양식도 필요하다. 날씨마저 바람이 강해서 파도가 거칠다. 우리는 바다에 떠 있는 배들의 안전이 걱정되었다. 말레이시아 정부도 표류하는 배가 자기네 항구에 들어오는 것을 허락하지 않을 터였다. 나는 이웃 나라들에서 난민 구출 사업을 계속할 수 있도록 입국을 신청했지만 타일랜드도 말레이시아도 인도네시아도 입국비자를 내주지 않았다. 그때 리프달호에서 신생아가 태어났다는 소식이 들려왔다.

내 몸은 든든한 육지에 있었지만 바다 위를 표류하고 있었다. 내 목숨이 두 척 배의 8백 난민과 하나였기 때문이다.

극심한 어려움 속에서 나에게 필요한 것이 "네가 평화를 원하는 즉시 너에게 평화가 있다."는 말을 실현하는 것임을 나는 깨달았다. 무엇에 대하여 무서워하거나 걱정하지 않고서 그토록 고요해질 수 있는 내가 스스로 놀라웠다. 근심걱정 모두 사라지고, 거기 있는 건 평화로운 마음 상태였다.

그런데 과연 스물네 시간 안에 우리가 무엇을 할 수 있을까? 한 평생 사는 동안 많은 사람이 시간이 없다고 불평한다. 그 많은 일을 어떻게 스물네 시간 안에 한단 말인가? 하지만 바로 그 순간에 평화롭지 못하면 나는 결코 평화로울 수 없을 것이었다. 위험 한복판에서 평화롭지 못하면 평상시 누리는 평화에 아무 의미가 없는 것이다. 곤경에 처하여 평화롭지 못하면 진정한 평화를 끝내 모를 것이다. 내 목숨이 붙어 있는 한, 그날 밤의 앉기 명상과 호흡 명상과 마음 챙겨 걷던 걸음들을 잊지 못할 것이다.

내가 문제를 똑바로 마주보았을 때 일이 풀리기 시작했다. 새벽 4시, 우리가 싱가포르에 열흘쯤 더 머물며 난민들을 안전하게 피신시킬 수 있도록 중간에서 주선해 줄 것을 프랑스 대사에게 부탁해야겠다는 아이디어가 나를 찾아왔다. 하지만 프랑스 대사관은 여덟 시까지 문을 열지 않을 것이고, 그래서 우리는 밖으로 나와 뜰에서 걷기 명상을 계속했다.

여덟 시 정각, 우리는 대사관 정문에 서 있었다. 우리는 안으로 들어가서 대사에게 용건을 말했고 그는 싱가포르 정부에 우리가 열흘 동안 더 체류할 수 있게 해 달라는 편지를 써 주었다. 우리는 편지를 받아들고 득달같이 이민국으로 달려갔고 편지는 곧바로 외교부에 전달되었다. 정오 직전에 우리는 이민국으로부터 열흘 간 체류할 수 있는 새 비자를 발급받았다.

우리가 만일 사는 동안 영적 차원을 잃는다면 우리 자신이 실종되고 말 것이다.

코코넛 스님

전쟁이 한참 벌어지고 있을 때 메콩강의 어느 섬에 스님이 한 분 계셨다. 당신이 앉아서 명상할 좌대座臺를 코코넛 나무 위에 설치하고 그 위에서 산들바람을 쬐며 강물을 즐겨 내려다보셨다. 코코넛 스님은 사람들에게 평화를 가르치기 위해서 많은 일을 하셨다. 섬에 수련센터를 짓고 당신과 함께 명상하자고 사람들을 부르셨다. 총알과 탄피를 수집해서 그것으로 커다란 종을 만들어 수련센터 중앙에 걸어 놓고 아침저녁으로 그것을 울리셨다. 그리고 아름다운 시를 지으셨다.

사랑하는 총알아,
사랑하는 폭탄아,
내가 너희를 도와서
여기 한자리에 오게 하였다.
전생에 너희는 살생과 파괴를 일삼았지.
그런데 지금은 스스로 수행하며,
인간으로 깨어나라고,
서로 사랑하라고,
서로 이해하라고,
사람들을 일깨워 주는구나.

한번은 그분이 사이공 거리를 걸어 대통령 궁으로 가셨다. 응

우옌 반 티에우 대통령에게 평화의 메시지를 전하려는 것이었다. 수위가 궁으로 들어가지 못하게 막자 밖에서 기다리셨다. 그분 손에 상자가 하나 들려 있었는데 안에 생쥐와 고양이가 함께 있었다. 그런데 고양이가 생쥐를 잡아먹지 않았다. 수위가 그에게 말했다.

"가시오. 여기에 앉아 있으면 안 됩니다. 당신 여기서 뭐 하는 거요?"

코코넛 스님이 대답하셨다.

"고양이와 쥐도 서로 평화로이 지낼 수 있다는 걸 대통령에게 보여 드리고 싶소."

그분이 고양이와 쥐를 정성스레 돌봐주셨고, 덕분에 고양이는 쥐를 잡아먹을 필요가 없었다. 고양이와 쥐도 평화로이 살 수 있는데 사람들끼리 그게 왜 안 되겠냐고, 스님은 그것을 말해 주고 싶으셨던 것이다. 코코넛 스님이 하고자 한 일이 모두 그런 것이었다. 그가 미쳤다고 생각하는 사람들도 있겠지만, 그렇지 않다. 그분은 아주 맑게 깨어 있는 분이셨다. 그분이 하시는 모든 일이 당신의 메시지를 세상에 알리는 데 그 목적이 있었다.

1968년에 나는 미군의 베트남 폭격을 중단시키기 위해 미국으로 건너갔다. 그해 5월의 사이공 폭격이 극심해서 '사회봉사를 위한 청년학교' 캠퍼스 부근 전 지역이 파괴되었다. 만 명 넘는 난민들이 캠퍼스로 몰려들었다. 많은 사람이 상처를 입었고 우리는 그들을 돌봐주어야 했다. 필요한 식품, 기본 위생용품, 의약품이 턱없이 부족했지만 그것을 구하러 캠퍼스 밖으로 나가는 것은 너무나 위험한 일이었다. 우리에게 있던 붕대가 동이 나자 여학생들이 긴 옷을 찢어 붕대 대용품으로 썼다.

이런 절박한 상황에서 우리는 중상자들을 캠퍼스 밖으로 데리고 나가야 했다. 하지만 그들을 병원으로 옮기려면 전투지역을 통과해야 한다. 우리는 적십자기를 대신하여 오색 불교 깃발을 들기로 했다. 남녀 수도승들이 법복인 '대가사'를 입고 부상자들을 옮겼다. 불교 깃발과 상가티스로 우리가 평화단체인 것을 알렸다. 다행히도 효력이 있었고 우리는 환자들을 무난히 옮길 수 있었다. 그러지 않았으면 많은 사람들이 죽었을 것이다.

폭격 사흘째 되던 날, 사람들로 가득 찬 캠퍼스가 공포에 휩싸였다. 반공주의자들이 학교를 폭격할 계획인데 난민들 속에 공산주의자들이 많이 있기 때문이라는 것이었다. 소문을 듣고 많은 사람이 보따리를 챙겨 떠나기 시작했지만 폭격이 너무 심해서 결국 돌아와야 했다. 공산주의자들과 반공산주의자들이 캠퍼스 변두리에서 전투를 벌이고 있었다. 그 순간 스물다섯 살 된 학교장 탄 반 스님이 메가폰을 들고서 캠퍼스를 떠나지 말라고 말하려다가 문득 스스로 물었다. "정말 폭격이 떨어지면 어쩌지?" 수천 명이 죽을 터인데 한 젊은 승려가 그 책임을 어떻게 질 것인가? 그는 슬그머니 메가폰을 놓고서 아무 말도 하지 않았다.

탄 반 스님은 싸우는 양쪽 진영에 같이 말할 필요가 있음을 깨달았다. 그러려면 양쪽에서 날아오는 총알을 피하기 위하여 포복으로 전투현장을 가로질러야 했다. 먼저 그는 반공산주의 진영으로 가서 지휘관에게 난민들이 있는 캠퍼스로 폭격기를 보내지 말아 달라고 설득했다. 그런 다음 캠퍼스 한쪽에 대공포를 설치한 공산주의 게릴라들에게로 가서 적의 폭격기에 대포를 쏘지 말라고, 안 그러면 난민들이 있는 캠퍼스가 폭격당할 것이라고 말했다. 양쪽이 그의 설득에 마음이 움직여 그의 요구를 들어주었다. 이 일을 수행하는 동안 그가 지닌 것은 용기와 사랑과 자비가 전부였다.

비슷한 상황에서 당신은 마음을 단단히 챙겨야 한다. 마음의 평온을 유지하면서 신속하게 행동해야 할 경우가 있다. 그럴 때 화를 내거나 의심을 품으면 그렇게 할 수 없다. 당신은 마음이 맑고 고요해야 한다. 전쟁의 틈바구니에서 우리의 비폭력 수련이 갈수록 깊어졌다. 비폭력은 머리로 배울 수 있는 기술이 아니다. 당신 안에 자비와 명징明澄과 이해가 있을 때 저절로 이루어지는 그것이 비폭력이다.

탄원서

베트남 전쟁 중에 나의 가장 가까운 벗들 가운데 하나인 찬 콩(眞空, 참 비어 있음) 자매가 평화를 위한 탄원서를 썼다. 사이공 대학 교수였던 그녀는 탄원서에 공동으로 서명해 줄 것을 동료 교사 70명에게 부탁했다. 그리고 얼마 안 되어 북베트남이 남베트남을 전면전으로 공격해 왔다. 분위기가 잔뜩 긴장되었다. 결국, 지방 정부가 탄원서에 서명한 모든 교사들에게, 교육부로 출두해서 평화탄원서에 대한 지지를 철회하는 문서에 서명할 것을 방송으로 지시했다. 찬 콩 자매를 제외한 모든 교사들이 지시에 따랐다.

그녀는 교육부 장관에게 소환되었고, 장관은 그녀에게 평화탄원서를 취소하지 않으면 교수직을 잃을 뿐 아니라 감옥에 갇힐 수도 있다고 말했다. 찬 콩 자매는 탄원서를 작성한 데 대한 모든 책임을 지기로 마음먹었다.

그녀가 말했다. "한 사람의 교사로서 나는 요즘 같은 살생과 혼란의 시절에 우리가 할 수 있는 가장 중요한 일은 용기와 이해와 사랑으로 말하는 것이라고 생각합니다. 그것이 우리가 학생들에게 줄 수 있는 가장 값진 선물이니까요. 나는 그 일을 했습니다. 정부 고위직인 교육부 장관이 되기 전에 장관님도 교사였지요. 장관님은 우리 젊은 교사들에게 큰오라버님 같은 분이십니다." 이 말에 장관의 마음이 부드러워졌다. 그 자리에서 사과하고 두 번 다시 찬 콩 자매의 행위를 두고 말하지 않았다.

아무리 어려운 역경 속에서도 자비의 씨에 물을 줄 수 있다. 이해와 자비의 눈으로 맑게 볼 때 우리는 더 이상 폭력의 희생자라는 느낌을 받지 않는다. 우리를 해친다고 생각되는 사람의 가슴과 눈을 우리가 열어 줄 수 있다. 적을 친구로 바꿀 수 있다.

마틴 루서 킹 보살

1965년 6월 1일, 나는 왜 베트남 사람들이 전쟁에 항거하여 스스로 자기 목숨을 희생시키는지에 대하여 킹 박사에게 처음으로 편지를 썼다. 그것이 자살도 절망도 아님을, 그것이 사랑의 행위임을 그에게 설명했다.

우리 자신을 알리고 우리 메시지를 세상에 전달하기 위하여 우리 자신을 불사르는 것 말고 다른 방법이 없을 때가 있다. 베트남 사람들은 전쟁을 원치 않았다. 하지만 그 목소리를 낼 방법이 없었다. 전쟁 당국이 모든 라디오, 텔레비전, 신문을 장악했다. 우리 자신을 불사르는 것은 폭력행위가 아니었다. 그것은 자비의 행위, 평화의 행위였다. 사랑과 자비를 전하려고 자기를 불사르는 수도승의 고통은 증오도 분노도 없이 평화와 형제애로의 부름을 남겨 두고 십자가에서 죽어 가는 예수 그리스도의 그것과 본질상 동일하다.

일 년 뒤인 1966년 6월 1일에 나는 시카고에서 마틴 루서 킹 목사를 처음 만났다. 그 자리에서 내가 성스러운 한 인간과 함께 있다는 것을 알았다. 그의 선한 행실뿐 아니라 그의 존재 자체가 나에게는 커다란 영감의 원천이었다. 자기가 속한 종교 전통을 대변하는 사람은 걷고 앉고 자기 전통에 대하여 웃으며 말하는 것만으로도 그 전통의 진수眞髓를 구현한다. 그때 마틴 루서 킹은 나처럼 젊었다. 우리는 분쟁지역에서 평화로운 해결책을 모색하는 단체들을 돕기 위해 조직된 '화해연맹'에 함께 속해 있었다.

우리는 방에서 차를 나누고 기자회견장으로 내려갔다. 그 자리에서 킹 박사는 처음으로 베트남 전쟁을 반대한다고 말했다. 그날은 베트남의 평화와 미국의 인권을 위해서 우리가 함께 일할 것을 약속한 날이었다. 우리는 인간의 진정한 적은 인간이 아니라는 데 동감했다. 우리의 적은 밖에 있지 않다. 우리의 진짜 적은 인간의 머리와 가슴에서 발견되는 분노, 증오, 차별이다. 우리는 적의 정체를 바로 알고 그것을 비폭력 방법으로 제거해야 한다. 나는 기자들에게 인권을 위한 그의 활동과 베트남 전쟁을 멈추게 하려는 우리의 노력이 완전 일치된다고 말했다.

한 해 뒤인 1967년 5월에 나는 마틴 루서 킹을 스위스 제네바에서 다시 만났다. 세계교회협의회(WCC)가 '파쳄 인 테리스(땅 위에 평화)'라는 이름으로 주최한 국제회의장에서였다. 킹 박사는 11층에 머물렀고 나는 4층에 머물렀다. 그가 나를 아침 식사에 초대하였다. 그의 방으로 올라가는 길에 기자들을 만나느라 시간이 조금 지체되었다. 그가 음식을 따뜻하게 덮혀놓고서 나를 기다리고 있었다. 내가 그에게 인사했다.

"닥터 킹, 닥터 킹!"

그가 대꾸했다.

"닥터 한, 닥터 한!"

우리는 평화, 자유, 공동체에 대하여 그리고 전쟁을 끝내기 위해서 미국이 무엇을 할 수 있는지에 대하여 이야기를 계속할 수 있었다. 공동체 없이는 멀리 갈 수 없다는 데 동의했다. 행복하고 조화로운 공동체 없이는 우리 꿈을 실현할 수 없을 것이다.

내가 그에게 말했다.

"마틴, 그거 아십니까? 우리 베트남에서는 중생을 일깨우고 그들을 더 큰 자비와 이해로 인도하는 깨달은 존재를 '보살'이라고 부르지요."

나는 이 말을 그에게 할 수 있었던 게 기쁘다. 바로 몇 달 뒤에 그가 멤피스에서 피살당했기 때문이다.

그가 피살되었다는 소식을 뉴욕에서 들었다. 참담했다. 먹을 수도 없었다. 잠잘 수도 없었다. 나 자신을 위해서뿐만 아니라 그를 위해서도, 그가 '사랑 어린 공동체'라고 부른 것을 계속해서 건설하기로 깊이 서원했다. 나는 마틴 루서 킹에게 한 약속을 지켰다. 그가 늘 내 곁에서 나를 지원한다는 생각이 든다.

나는 미국 인디애나 대학에서 공부하고 베트남에서 수행한 스님 한 분을 알고 있다. 그녀가 평화와 화해를 위하여 활동했다는 이유로 경찰에 체포되어 감옥에 갇혔다. 그녀는 감방에서도 수련에 최선을 다하였다. 하지만 쉽지 않았다. 낮에 자기 방에 앉아서 명상하는 스님을 본 교도관들이 그렇게 평화로이 앉아 있는 것 자체를 도발적인 시위로 보고 금지시켰던 것이다. 그래서 그녀는 밤이 되어 불이 꺼지기를 기다려야 했다. 그들은 어떻게 해서든지 그녀에게서 수련의 기회를 박탈하려고 했다. 하지만 그녀는 명상 수련을 계속할 수 있었다. 공간이 몹시 좁긴 했지만 걷기 명상도 했다. 같은 방에 수감된 다른 사람들에게 친절하고 부드럽게 말할 수 있었고, 덕분에 그들은 고통을 덜 수 있었다.

나는 북베트남의 외딴 밀림지대에 있는 이른바 '재교육 수용소'에 있던 다른 친구도 알고 있다. 그는 4년 동안 그곳에 있으면서 명상을 계속했고 내면의 평화를 유지할 수 있었다. 석방될 때 그의 마음은 면도날처럼 예민하였다. 지난 4년 동안 아무 잃은 게 없고 오히려 자기가 말 그대로 '명상을 재교육 받았다'는 사실을 알았다.

우리한테서 많은 것을 세상이 가져갈 수 있다. 하지만 아무도 우리의 결단이나 자유를 훔쳐갈 수 없다. 아무도 우리의 수행을 앗아 갈 수 없다. 극심한 곤경 속에서도 우리는 우리의 행복, 우리의 평화, 우리의 내적 자유를 유지할 수 있다. 숨 쉴 수 있고 걸을 수 있고 웃을 수 있는 한, 우리는 평화로울 수 있고 행복할 수 있다.

중앙에서 온 사람

그날 나는 필라델피아 거리에서 베트남 전쟁을 멈추게 하려는 시위대에 섞여 걷고 있었다. 한 기자가 나에게 다가와 물었다.

"당신 북에서 왔소? 남에서 왔소?"

그에게는 내가 북에서 왔으면 반미 공산주의자고 남에서 왔으면 반공주의자다. 나는 마음 챙겨 걷는 중이었고 그는 마이크를 손에 들고 있었다. 내가 걸음을 멈추고 그에게 말했다.

"중앙에서 왔소."

사람들이 어떤 관념이나 관점을 가지고서 당신을 상자 안에 넣으려고 할 때가 있다. 하지만 당신이 그들의 어떤 카테고리에도 속하지 않는다면 어찌 되겠는가? 문제는 현실이다. 그것을 서술하는 언어가 아니다. 이름이란 관습적인 호칭에 지나지 않는다. 실재가 아니다. 우리는 실재의 참 본질을 깊이 들여다보는 훈련을 해야 한다.

파리를 생각할 때 우리에게는 파리에 대한 어떤 견해, 관념이 있고 파리를 서술하는 언어가 있다. 하지만 파리는 그 견해나 언어들과 생판 다른 것이다. 우리는 며칠 동안 파리를 방문하고서 자기가 파리를 안다고 생각할지 모른다. 파리에 십 년 이십 년 살면서도 그 도시의 진면목을 발견 못한 사람들이 있다. 언어나 관념을 진실과 혼동해서는 곤란하다.

1980년대 후반의 어느 날 나는 암스테르담의 토론장에 있었다. 신학자 한 분이 일어서더니 나에게 1967년에 쓴 나의 책 『불바다의 연꽃(Lotus in a Sea of Fire)』에 나오는 한 문장에 대하여 질문했다. 내가 그를 바라보며 말했다.

"그 책을 쓴 건 여기 있는 내가 아닙니다."

그가 충격을 받는 것 같았다. 하지만 진실은 내가 그 앞에 살아 있는 한 존재이고, 그가 이십 년 전에 살았던 한 허깨비(phantom)의 문장에 관심이 있다는 것이었다. 우리 모두 끊임없이 변한다. 여러 해 전에 존재했던 자신에 대한 누구의 생각에 사로잡혀 꺼둘릴 필요가 없다.

여긴 중국이 아니다!

1966년 미국에 체류할 때 미니아폴리스 어느 교회에서 강연한 적이 있었다. 강연을 마치고 무척 피곤했다. 명상을 하면서 숙소를 향해 천천히 마음 챙겨 걸었다. 차고 맑은 밤공기를 마시자 기분이 상쾌해지면서 심신의 피로가 덜어지는 느낌이었다.

그렇게 발걸음 하나하나에 집중하며 천천히 걷고 있는데 차 한대가 뒤에서 달려오더니 끽— 소리와 함께 내 몸에 닿을 듯이 멈추었다. 운전기사가 창을 열고 나를 노려보며 소리 질렀다.

"여긴 미국이다. 중국이 아니다."

그러고는 가 버렸다. 그는 아마도 이렇게 생각했을 것이다. '감히 미국 땅을 마음 놓고 걸어가는 중국 놈이라니!' 그 사실을 그는 참을 수 없었던 것이다. 그의 생각은 이랬을 것이다. '여긴 미국이다. 백인들만 살 수 있는 나라다. 중국인들이 맘대로 어슬렁거릴 수 있는 데가 아니다. 여긴 미국이다, 중국이 아니다!'

나는 화가 나지 않았다. 그게 그 순간에 있었던 가장 좋은 일이었다. 오히려 재미있다는 생각이 들었다. 나는 생각했다. '나에게 조금만 짬이 있었으면 그에게 말했을 거다. 당신 말에 백 퍼센트 동의합니다. 맞아요, 여긴 미국이오. 중국이 아니오. 그런데 왜 나한테 소리를 지르는 거지요?'

분별의 씨가 우리 모두 안에 있다는 걸 우리는 안다. 나도 나와 다른 모양이나 색깔을 한 사람들에게 소리 지르며 살아왔다. 우리 모두 안에 억누르는 자와 억눌리는 자가 있다. 분별하지 않는 지혜를 얻으려고 하는 것이 우리의 수행이다.

　사람들이 우리를 아프리카계 아메리카 사람이라고 부를 때 우리는 "그렇다"고 말한다. 그들이 우리를 아프리카 사람이라고 부를 때 우리는 "그렇다"고 말한다. 그들이 우리를 아메리카 사람이라고 부를 때도 역시 우리는 "그렇다"고 말한다. 그들이 분별당하는 사람들의 이름을 부를 때 우리는 "그렇다"고 말한다. 그들이 분별하는 사람들 이름을 부를 때도 우리는 "그렇다"고 말한다. 그 사람들 모두가 우리다. 우리 안에 분별하는 자와 분별당하는 자가 함께 들어 있다.

알프레드 핫슬러

내 친구 알프레드 핫슬러는 뉴욕 니야크에 있는 화해연맹에서 일했다. 코넬 대학 조지 카힌 교수와 그가 나를 미국으로 초청하여 베트남 전쟁에 관한 이야기를 사람들에게 들려 달라고 했다. 1966년에 알프레드는 미국의 여러 대학과 교회들에서의 순회강연을 기획했다.

알프레드 핫슬러는 전쟁으로 인한 베트남 인민들의 고통을 사람들에게 알리는 일로 많은 시간을 우리와 함께 보냈다. 평화를 위한 일 자체가 그에게 큰 기쁨과 즐거움을 안겨 주었다. 북미 순회강연을 마치고 나서 유럽, 아시아, 호주에서의 순회강연을 기획하는 일도 그가 도와주었다. 그러면서 우리는 참 많은 시간을 함께 보냈다.

수년 세월이 지난 뒤 어느 날, 나는 뉴욕주 북부에서 마음챙김 수련회를 인도하던 중에 알프레드가 뉴욕의 한 가톨릭 병원에서 임종하게 되었다는 소식을 들었다. 병원까지 먼 거리도 아니었고 그래서 찬 콩 자매와 나를 포함하여 그와 가까이 지내던 몇 승려들이 그를 문안하기로 했다. 우리가 병원에 도착했을 때 알프레드는 이미 혼수상태였다. 그의 아내 도로시와 딸 로라가 거기 있었다. 우리를 보고 그들은 무척 행복해하였다.

찬 콩 자매와 내가 그의 방으로 올라갔다. 우리가 방에 들어갔을 때도 그는 혼수상태에서 깨어나지 않았다. 찬 콩 자매가 노래를 불러 주었다. 내가 가사를 쓴 노래였다.

"이 몸은 내가 아니랍니다. 나는 이 몸에 갇혀 있지 않아요. 나는 경계 없는 생명입니다. 내 본성은 태어남과 죽음이 없는 본성이지요."

그녀가 같은 노래를 세 번째 부르기 시작했을 때 알프레드가 의식을 되찾았다. 어떤 사람이 혼수상태에 빠져 있을 때 그와 더 이상 대화할 수 없다고 생각하지 말라. 언제든지 어떻게든지 그들에게 말하라. 그들이 당신 메시지를 들을 수 있다.

찬 콩 자매가 우리가 평화를 위해서 함께 일하던 때의 이야기를 들려주기 시작했다. 그녀 덕분에 평화를 위해 우리가 한 많은 일들을 떠올릴 수 있었다.

"알프레드, 로마에서 가톨릭 사제 3백 명이 징집 거부로 투옥된 베트남 스님 3백 명 이름을 소리쳐 부르던 일 생각나요? 알프레드, 우리가 코펜하겐에서 함께 지내던 일 기억나요?"

그녀는 우리가 평화를 위해 일하며 함께 겪었던 행복한 일들을 알프레드에게 들려주었다. 나는 그의 다리를 주물렀고 찬 콩 자매는 계속 추억을 일깨웠다. 갑자기 알프레드가 입을 열어 말했다.

"원더풀, 원더풀!"

그러고는 다시 혼수상태로 들어갔다.

날이 저물었고 그날 저녁 수련회에서 첫 강의를 해야 했으므로 우리는 그곳을 떠나야 했다. 이튿날 나는 그의 딸로부터, 우리가 병원을 떠나고 서너 시간 뒤에 알프레드가 아주 편안하게 고통 없이 숨을 거두었다는 말을 들었다.

프랑스 망명 초기에 나는 가족과 다른 보트피플과 함께 베트남에서 도망친 열두 살 소녀 이야기를 들었다. 그녀는 자기가 탔던 보트에서 해적한테 겁탈을 당했다. 소녀 아버지가 막아 보려고 했지만 해적이 그를 바다에 던져 버렸다. 소녀는 겁탈을 당하고 나서 스스로 바다에 몸을 던졌다. 우리가 이 비참한 뉴스를 접한 것은 파리의 '불교평화사절단' 사무실에서 일하던 어느 날이었다. 나는 너무나 화가 나서 잠을 이룰 수 없었다. 분노와 증오와 절망이 나를 휘어잡았다.

그날 밤, 자리에 앉아 명상하다가 타일랜드 어느 해변 가난한 어부 집안에서 신생아로 태어나는 나를 환영幻影으로 보았다. 우리 아버지는 어부였다. 글을 읽지 못했다. 학교나 사원은 문턱에도 가 보지 못했다. 불교교육은 관두고 어떤 교육도 받지 못했다. 타일랜드의 정치가들, 교육자들, 사회사업가들 가운데 누구도 우리 아버지를 도와주지 않았다. 어머니 역시 글을 읽거나 쓰지 못했다. 자녀 양육하는 법도 몰랐다. 아버지 집안은 대대로 가난한 어부였다. 할아버지도 증조할아버지도 어부였다. 나이 열세 살에 나 또한 어부가 되었다. 나는 학교에 가 본 적이 없고 누구의 사랑이나 이해를 받아 본 적도 없다. 한 세대에서 다음 세대로 전해 내려온 지독한 가난 속에서 나는 살았다.

어느 날, 젊은 어부 하나가 내게 말했다. "바다로 나가자. 거기 보트피플이 있는데 배에 금은보석이 있고 재수 좋으면 돈도 있다. 한 탕만 뛰어도 이 가난에서 해방인 거다!" 나는 그의 초대를 받아들이며 생각했다. '그냥 보석만 조금 가져오는 거야. 아무도 다치게 하고 싶지 않아. 그걸로 이 가난에서 벗어날 수 있다니까.' 그래서 나는 해적이 되었다. 처음 바다로 나갔을 때 나는 내가 해적인 줄도 몰랐다. 일단 바다로 나가자 다른 해적들이 보트의 젊은 여자들을 겁탈하는 것을 보게 되었다. 여태껏 나는 젊은 여자 몸을 건드려 본 적이 없었다. 젊은 여자 손을 잡고 외출한다는 건 생각조차 못했다. 그러던 어느 날, 한 보트에서 너무나 예쁜 젊은 여자를 보았다. 나를 말릴 경찰도 없었다. 나는 다른 사람들이 하는 짓을 많이 보았다. 그래서 나 자신에게 말했다. '나라고 그러면 안 돼? 젊은 여자 만져 볼 기회가 내게도 온 거야.' 그래서 나는 그렇게 했다.

당신이 만일 그 보트에 있었고 당신한테 총이 있었다면 당신은 나를 쐈을 것이다. 하지만 총으로 나를 쏘는 건 나에게 아무 도움도 되지 않는다. 누구도 나에게 사람 사랑하는 법, 이해하는 법, 다른 사람들의 고통을 돌봐주는 법을 가르쳐 주지 않았다. 우리 어머니도 아버지도 가르쳐 주지 않았다. 나는 무엇은 해도 되는 일이고 무엇은 하면 안 되는 일인지를 몰랐고 인과응보도 몰랐다. 나는 어둠 속에 살고 있었다. 당신한테 총이 있으면 당신은 나를 쐈을 것이고 나는 죽었을 것이다. 하지만 당신은 어떻게도 나를 돕지 못했을 것이다.

계속 앉아 있자니 타일랜드 해변의 비슷한 환경에서 수백 명 신생아들이, 많은 남자 아이들이 태어나는 게 보였다. 정치가들과 지방 장관들이 눈여겨보았다면 그들이 이십 년 안에 해적으로 바뀌는 것을 보았을 것이다. 대대로 내려오는 극심한 가난 속에서 아무 교육도 못 받고 자랐다면 나 역시 해적으로 되는 걸 피할 수 없었으리라. 그 환영을 보았을 때 내 속에서 증오가 사라졌고, 나는 그 해적에게 연민의 정을 느꼈다.

가난한 집안에서 태어나 아무 도움도 받지 못하고 자라는 아이들을 보았을 때, 나는 그들이 해적이 되는 걸 막기 위해 뭔가 해야 한다는 걸 깨달았다. 무한 사랑을 지닌 자비의 화신, 보살의 기운이 내 속에서 꿈틀거렸다. 더 이상 괴롭지 않았다. 겁탈당한 열두 살 소녀의 아픔뿐 아니라 해적의 아픔도 껴안을 수 있었다.

당신이 나를 "존경하는 낫한"이라고 부를 때 내가 "예"라고 대답한다. 당신이 겁탈당한 소녀 이름을 부를 때도 내가 "예"라고 대답한다. 당신이 해적의 이름을 부를 때도 내가 "예"라고 대답할 것이다. 어디에서 태어나 어떤 환경에서 자라는지에 따라서 나는 소녀일 수도 있고 해적일 수도 있다.

나는 우간다나 콩고의 아이다. 피부와 뼈와 두 다리가 대나무 막대기처럼 말랐다. 그리고 나는 콩고에 살생무기를 팔아먹는 무기상이다. 콩고의 가난한 아이들에게 필요한 것은 폭탄이 아니다. 양식이다. 하지만 이곳 미국에서 우리는 대포와 기관총을 생산한다. 다른 누구에게 그것들을 팔려면 전쟁을 일으켜야 한다. 당신이 콩고의 어린애 이름을 부르면 내가 "예"라고 대답할 것이다. 당신이 대포와 기관총 만드는 사람들 이름을 불러도 내가 "예"라고 대답할 것이다. 그 모두가 나라는 진실을 깨치면 내 속의 증오는 사라지고 전쟁의 희생자들을 돕기 위해서, 전쟁과 파괴를 일삼는 사람들을 돕기 위해서, 살아야겠다는 결심을 하게 된다.

우리는 뉴욕에서 베트남 전쟁 퇴역군인들을 위한 명상 수련회를 여러 번 가졌다. 놀라운 경험이지만 언제나 쉽지는 않았다. 많은 퇴역군인들이 여전한 아픔으로 씨름하고 있었기 때문이다. 90년대 초반에 있었던 수련회에서는 한 신사가 한 번 전투로 417명을 잃은 이야기를 들려주었다. 그 뒤로 그는 항상 그것과 함께 살아야 했다.

한 병사는 많은 사람들과 함께 있으면서 안전한 느낌을 받은 것이 15년 만에 처음이라면서, 지난 15년 동안 한 번도 단단한 음식을 쉽게 삼킬 수 없었다고 했다. 그는 첫날부터 일절 아무 말도 하지 않았다. 그러다가 앉기 명상과 걷기 명상을 사나흘 하고 나서는 입을 열어 말을 시작했다. 그런 사람들이 자기 삶에 다시 깊숙이 연결되도록 도와주려면 사랑 어린 친절을 많이 베풀어야 한다. 그 수련회들을 통하여 우리는 우리 안팎에 있는 좋은 치유 능력을 저마다 회복하도록 서로 격려해 주었다.

우리는 침묵으로 아침식사를 하였다. 걷기 명상을 할 때는 마음 챙겨 사랑과 자비로 대지에 접하면서 평화로운 발걸음을 하나하나 옮겼다. 신선한 공기와 깊숙이 접하려고 숨에 마음을 모으고, 차와 접하려고 찻잔의 차를 깊이 들여다보고, 물과 구름과 빗물도 그렇게 하였다. 우리는 함께 앉고, 함께 숨 쉬고, 함께 걸었다. 그리고 베트남에서의 경험으로부터 무엇이든지 배우려고 노력했다.

퇴역군인들은 수련회가 자기들을 촛불로 만들어 전쟁의 뿌리를 비추고 평화의 길로 나아가게 하는 것을 경험하였다. 우리는 그

들의 고통에서 많은 것을 배울 수 있다. 저 혼자 동떨어져 존재하는 것은 없다. 우리는 서로서로 속해 있고, 실재는 토막 낼 수 없는 것이다. 내 행복이 네 행복이고, 네 고통이 내 고통이다. 우리는 서로 치유하고 서로 변화시킨다. 모든 편이 '우리 편(our side)'이다. 나쁜 편은 없다. 적敵은 본디 없는 것이다.

수련은 보트다

나는 전쟁 중에 죄 없는 어린이 다섯을 죽인 베트남 전쟁 퇴역군인을 만났다. 그는 그런 짓을 한 자기 자신을 용서할 수 없었다. 그의 부대가 매복 작전에 걸려 많은 전우들이 죽었다. 그와 몇 사람만이 가까스로 살아남았다. 그는 너무나 화가 나서 보복하려고 전우들이 죽어 간 마을에 덫을 놓았다. 고기와 다른 재료로 만든 샌드위치에 독극물을 넣고 그것을 마을 입구 근처에 놓아두었다. 그러고는 몸을 숨기고 지켜보았다. 얼마 안 되어 아이들이 다가오더니 샌드위치를 발견하고 그것을 먹기 시작했다. 그가 보는 앞에서 아이들이 비명을 지르며 괴롭게 몸부림을 쳤다. 부모들이 놀라서 달려왔다. 그들은 구급차를 부르려고 했지만 거리가 멀어 불가능했다. 구급차가 오더라도 아이들을 살리기에는 너무 늦었다는 사실을 병사는 알고 있었다. 그는 아이들이 부모 품에 안겨 고통스럽게 죽어 가는 모습을 지켜보았다.

뒤에 미국으로 돌아왔지만 그는 잠을 잘 수 없었다. 어쩌다가 아이들과 한 방에 있으면 견딜 수 없어서 황급하게 뛰쳐나와야 했다. 이 이야기를 어머니 말고 아무에게도 할 수 없었다. 어머니도 아들의 얘기를 들어주지 못했다. "얘야, 그게 전쟁이란다. 전쟁에서는 그런 일이 얼마든지 일어나는 거야. 너무 심하게 자책하지 마라." 이 말은 그에게 아무 도움도 되지 못했다. 그는 계속 괴로웠다. 다섯 아이를 죽인 자기 자신을 용서할 수 없었다.

베트남 전쟁 퇴역군인들을 위한 첫 번째 수련 모임에서 그가

이 얘기를 털어놓았다. 그것은 참으로 힘든 수련 모임이었다. 많은 사람이 심리치료사의 조언으로 참석했지만 혹시 이 모임이, 특히 베트남 승려들이 주선했다는데, 자기를 죽이기 위한 매복 작전 아닌가, 의심했다.

하루는 걷기 명상을 하는데 참석자 하나가 우리 일행을 20미터쯤 떨어져서 혼자 따라왔다. 누가 그에게 왜 함께 걷지 않느냐고 묻자 그는 이것이 매복 작전이면 좀 떨어져 걸어야 유사시에 도망칠 수 있다고 대답했다. 다른 한 참석자는 공동숙소에서 잠을 자지 못했다. 숲속에 텐트를 치고 텐트 주변에 덫을 설치하고 그리고 거기서 혼자 잤다. 많은 퇴역군인들이 말을 잃은 상태였다.

어느 날, 다섯 아이를 죽였다는 퇴역군인을 내 방으로 초대하였다.

"당신이 전에 다섯 아이를 죽인 건 사실이오."

내가 계속 말했다.

"하지만 오늘 당신이 다섯 아이를 살릴 수 있는 것도 역시 사실입니다."

미국을 포함하여 전 세계에, 폭력과 가난과 억압으로 죽어 가는 아이들이 있다. 누구든지 약간의 의약품과 음식과 옷가지로 그 아이들을 구해 내는 데 도움을 줄 수 있다. 나는 그에게 물었다.

"어째서 당신의 남은 삶을 그런 아이들 살리는 일에 쓰지 않는 거요? 분명 당신은 아이들 다섯을 죽였소. 하지만 아이들 오십 명을 살려 낼 기회가 지금 당신 앞에 있습니다. 지금 이 순간에 당신은 당신의 과거를 치유할 수 있어요."

마음챙김 수련은 한 척의 보트와 같다. 마음챙김 수련을 하는 것은 당신에게 보트를 주는 것이다. 수련을 계속하면, 보트에 타고 있으면, 당신은 고통의 강물에 가라앉거나 빠져 죽지 않을 것이다.

그 퇴역군인은 이 말을 천천히 받아들였다. 결국 아이들 돕는 일에 자기 삶을 바쳤고 그 과정에서 스스로 치유되었다. 지금 이 순간은 과거를 담고 있다. 지금 이 순간에 깊이 들어감으로써 당신은 과거를 치유할 수 있다. 다른 무엇을 기다릴 필요가 없다.

첫 개화開花

나는 베트남에서 자랐다. 베트남에서 스님이 되었다. 베트남에서 불교를 배우고 수행했다. 서양에 오기 전 나는 베트남에서 여러 세대들에게 불교를 가르쳤다. 하지만 이제 나는 말할 수 있다, 내가 내 길을 제대로 알게 된 것은 서양에서였다고.

1962년에 프린스턴 대학 강사로 초빙되었는데, 내가 깊은 깨달음을 얻고 수련의 꽃과 열매를 본 데가 그곳이었다. 내게는 프린스턴으로 간 것이 수도원에 들어간 것과 같았다. 당시 그곳은 여학생이 없고 남학생만 있는 대학이었다. 나는 신학교 브라운관(館)에 살았다. 분위기가 매우 평화롭고 건전했다. 내가 떠난 베트남의 격하고 억압적인 분위기와 크게 달랐다. 많은 시간 나는 대학로에서 걷기 명상을 할 수 있었다. 내 생애 첫눈, 첫봄, 첫가을을 맞은 곳이 프린스턴이었다. 현재 순간을 행복하게 사는 평화를 난생처음 거기서 맛보았다.

마음챙김은 명상 수련의 바탕이다. 현재 순간에 있으면서 모든 것, 우리 안팎에 있는 온갖 긍정적인 것과 부정적인 것을 알아차리는 게 마음챙김이다. 우리는 긍정적인 것을 배양하는 법, 부정적인 것을 인식하고 껴안고 바꿔 놓는 법을 배운다.

날마다 수련이 무엇을 얻거나 무엇을 이루려는 게 아님을 우리는 자신에게 일깨워 줄 수 있다. 수련 자체가 큰 기쁨이고 우리가 찾는 평화다. 수련 곧 목적(destination)이다. 우리 모두 현재 순간을 행복하게 살 수 있다.

대나무 덤불

1964년 미국에서 돌아온 나는 사이공 번화가에 머물면서 반 한 불교대학을 세우고, 〈차오르는 밀물 소리〉를 발행하고, 사회봉사청년학교 설립을 준비하였다. 나는 될 수 있는 대로 많은 시간을 시 외곽 기아 딘, 고 바프에 있는 죽림사에서 보내며 그곳의 조용하고 아름다운 분위기를 즐겼다.

하루는 새벽 3시쯤 트룩 람의 작은 오두막에서 잠을 깨어 일어났다. 흙바닥을 발로 밟는데 차가운 감촉에 정신이 번쩍 들었다. 그 자세로 거의 한 시간을 서 있었다. 캄캄한 바깥을 내다보고 있자니 아침 첫 종소리가 들렸다. 아직 사물을 선명하게 분간할 수 없었지만 나는 거기 자두나무와 대나무 덤불이 있는 걸 알았다. 밤의 어둠 속에서 나는 거기 있는 너를 알았다. 내가 거기 있기 때문이었다.

너는 거기 나를 위해서 있고, 나는 여기 너를 위해서 있다. 의식은 언제나 무엇에 대한 의식이다. 앎은 언제나 주체와 객체를 함께 포함한다.

번갯불 속에서 벋는 앎의 팔,
수백만 겁劫 거리를 함께 껴안고,
태어남과 죽음을 함께 껴안고,
보는 자와 보이는 자를 함께 껴안는.

꽃피는 자두마을

바람에 묻힌 오두막

삼십 년쯤 전, 라 포레 도데라 불리는 북부 프랑스 숲속의 '고구마 공동체' 오두막에서 개인 수행을 즐기고 있었다. 나는 숲에 앉아 있는 것과 숲길을 걷는 것이 좋았다. 화창하고 아름다운 어느 날 아침, 하루 종일 숲에서 지내기로 마음먹고 밥과 깨소금과 물병을 챙겨 들고 길을 나섰다. 그날 하루를 온전히 숲속에 있고자 했지만 오후 3시쯤 하늘에 먹구름이 모여들었다. 오두막을 떠나기 전에 나는 햇볕과 신선한 공기가 들어오도록 창문을 모두 열어 놓았다. 벌써 바람이 거세어졌고 나는 돌아가서 오두막을 보살펴야겠다고 생각했다.

집에 도착해서 보니 오두막이 형편없이 어질러져 있었다. 바람이 책상 위 종이들을 사방 흐트러뜨려 놓았고 실내는 음습하고 어두웠다. 내가 맨 처음 한 일은 문과 창문을 닫아서 바람이 제멋대로 어지럽히지 못하게 하는 것이었다. 그런 다음 아궁이에 불을 지피자 좀 살 만해졌다. 마루에 흐트러져 있는 종이들을 모아 책상 위에 작은 벽돌로 눌러 놓고 방 안을 정돈했다. 이내 불기운이 모든 것을 따뜻하고 기분 좋고 아늑하게 만들었다. 나는 불 곁에 앉아 손을 말리면서 창밖의 바람소리와 빗소리를 즐겼다.

재수가 없어서 도무지 되는 일이 없는 그런 날들이 있다. 그래서 뭘 좀 어떻게 해 보려고 하면 그럴수록 사정은 더 고약해진다. 누구나 그런 날들이 있다. 그때가 바로 하던 일을 중단하고 집으로 가서 자기 안의 피난처를 찾아야 할 때다. 맨 먼저 할 일은 출입문과 창문을 닫는 거다. 모든 것이 엉망일 때 당신이 닫아야 하는 여섯 문이 있다. 눈, 귀, 코, 혀, 몸 그리고 마음이다. 우리의 여섯 감각은 마음으로 통하는 문이다. 거센 바람이 들어와서 당신 방을 어지르지 못하도록 그것들을 모두 닫아라.

창문을 닫고, 출입문도 닫고, 불을 피워라. 마음 챙겨 숨 쉬면서 따뜻하고 차분하고 아늑한 감정을 살려라. 느낌, 생각, 감정 등 당신의 모든 것을 다시 정돈하라. 그것들이 지금 사방에 흩어져 있고 엉망진창으로 되었다. 모든 감정들을 알아차리고 그것들을 껴안아라. 내가 오두막 사방에 흩어진 종이들을 모아 돌로 눌러 놓았듯이 그것들을 한데 모아라. 마음챙김과 집중의 힘으로 모든 것을 당신 안에 잘 정돈하라. 그러면 당신의 고요와 평화를 회복하는 데 도움이 될 것이다.

우리가 바깥 사정들에만 매달리면 우리 자신을 잃을 수 있다. 언제든지 가서 몸을 의탁할 피난처가 있어야 한다. 자아의 섬이 그곳이다. 자기 안의 섬에 든든히 정착할 때 우리는 안전하다. 다시 나가서 현실에 참여할 준비가 될 때까지, 자기 자신을 회복하고 다시 강화시키는 데 필요한 시간을 벌 수 있다.

당신이 아주 강한 사람이라 해도 당신 안에 그 섬이 있다. 일이 꼬일 때, 도무지 되는 일이 없을 때, 모든 것을 멈추고 당장 그 섬으로 가라. 더 이상 그럴 필요가 없을 때까지 당신 안의 섬에 몸을 피해라. 오 분, 십오 분 아니면 한 시간 반이 걸릴 수도 있다. 당신은 더 강해지고 속으로 훨씬 좋아진 느낌이 들 것이다.

슬리핑백을 즐기다

1969년, 나는 베트남 불교연합 요청으로 파리 평화회담에서 불교 평화사절단을 창설하는 일에 도움을 주었다. 망명 3년째 되던 해였고 드디어 나는 프랑스에서 보호소를 찾았다. 회담이 꽤 진척되어 있었지만 평화와 종전終戰을 원하는 베트남 인민의 목소리는 아직 들리지 않았다.

가난한 아랍 구역의 아주 작은 아파트에 파리 불교평화사절단 집행부가 자리를 잡았다. 많은 사람이 거기 머물렀고 항상 사람들로 붐볐다. 사절단 아파트 바닥에 빈자리가 없어 지역 식당에 부탁해서 찬 콩 자매가 거기서 잠을 자야 할 때도 있었다.

먹을 양식과 옷가지를 마련하는 것도 큰 문제였다. 시장에서 보통 쌀을 사는 대신 우리는 사료 가게에서 새들이 먹는 싸라기를 샀다. 하루는 싸라기 가게 주인이 우리에게 물었다.

"웬 싸라기를 이렇게 많이 사는 거요? 집에 새들이 많나요?"

우리가 말했다.

"예, 모두 아홉 마리 있는데 몸짓이 엄청 크답니다!"

그러면서 손짓으로 새의 크기를 보여 주었다.

고생이 심했지만 우리는 정말 행복했다. 나는 가르칠 장소가 있었고 매달 봉급으로 천 프랑을 받았다. 사이공 대학 교수였던 찬 콩 자매는 어린 학생들에게 수학을 가르쳐 수입에 보탰다. 나는 인쇄기를 마련하여 난민들의 고통을 덜고 그들이 다른 나라에 정착하는 데 도움이 될 만한 책들을 찍어 냈다.

십여 년 뒤에 우리는 프랑스 남서부 지방에 땅을 장만하고 그곳에 자두마을 마음챙김 수련센터를 지었다. 나는 화려하고 아름다운 사원을 짓고 싶지 않았다. 얼마라도 돈이 들어오면 홍수 피해를 입어 굶주리는 베트남 사람들에게 보냈다. 지금도 자두마을을 방문한 사람들 가운데 침낭에서 자는 이들이 많다. 찬 콩 자매도 아직까지 침낭에서 잔다. 나는 방구석에 벽돌 네 개로 널빤지를 괴고 그 위에 얇은 요를 깔고 잤다. 널빤지 위에서 침낭에 들어가 잠자는 것이 우리의 행복을 가로막지는 못했다.

푸조

1970년대, 프랑스에 정착한 지 얼마 안 되어 우리는 작은 차 한 대를 구입했다. 중고차 푸조였다. 파리 교외 낡은 농가에서 '고구마 공동체'를 시작할 때까지 우리는 그것으로 유럽 전역을 돌아다니며 사람뿐 아니라 모래, 벽돌, 연장, 도서, 음식 등 온갖 것을 실어 날랐다. 여러 해 동안 여러 용도로 그 차를 이용했다. 마침내 너무 늙어서 더 탈 수 없게 되었을 때 우리는 그것과 헤어지는 힘든 시간을 보내야 했다. 우리는 그 작은 푸조에 많은 애착이 있었다. 멀고 험한 길을 오랫동안 우리와 함께 걸어왔기 때문이다. 고장도 여러 번 나고 사고도 나고 수리비도 많이 들었지만 그래도 버텨 낸 그 차를 포기해야 했던 날 밤, 친구들과 나는 몹시 슬펐다.

오늘날 사람들이 자기가 쓰는 물건에 얼마나 깊이 집착하고 있는지, 나는 모른다. 하지만 많은 사람들이 최신형 제품을 소유하고 싶어 하며, 이를 제조회사와 광고회사들은 잘 알고 있다. 요즘 물건들이 오래 쓸 수 있도록 제작되지 않는 건 우연이 아니다.

우리가 욕망하는 대상들은 끊임없이 바뀐다. 자기가 소비하는 물건들에 대한 욕망 또한 순간마다 바뀐다. 우리는 밤낮으로 새로운 것을 향해서 달려간다. 금방 산 물건에 얼마 동안은 도취하지만 이내 당연하게 여겨지고 그러면 싫증이 나고 그래서 팔아치우고 다른 것을 구입한다.

마음챙김 수련이 깊어지면서 당신은 당신의 삶을 교정矯正하게 된다. 허망하고 무의미한 소비 생활 속에서 얼마나 자주 자기를

잃어버리는지가 보이기 시작한다. 깊이 들여다보면 허망한 소비 생활이 지속되는 행복은커녕 오히려 고통만 안겨 준다는 걸 누구나 알 수 있다.

모네 씨와 삼나무

우리가 자두마을을 위해서 처음 마련한 재산은 경작지 210제곱미터, 임야 194제곱미터에 큰 헛간, 외양간, 창고 등 몇 동의 석조건물이었다.

우리는 센터에 수련하러 온 아이들이 모은 돈으로 자두나무 1,250그루를 심었다. 그래서 마을 이름이 자두마을이다. 많은 아이들이 자두나무를 사는 데 코 묻은 주머닛돈을 내놓았다. 당시 자두나무 한 그루 값이 35프랑이었다. 우리가 1,250그루를 심은 것은 그것이 붓다의 첫 번째 상가를 이룬 승려들 숫자였기 때문이다. 우리는 자두열매로 말린 자두와 자두 잼을 만들고 그것들을 팔아서 모은 돈을 베트남의 굶주린 아이들에게 보낼 생각이었다. 당시 그곳에는 승려들 몇이 있을 뿐이었는데, 우리는 전쟁을 겪고 나서 멀리 프랑스까지 오느라고 몹시 허약해진 베트남 난민들을 돌봐주고 있었다. 황폐한 땅과 무너진 건물을 보수하여 사람 살 만한 곳으로 만들자니 엄청난 노동이 필요했고 게다가 고향의 땅과 생판 다른 풍토에서 경작하는 법을 새로 배워야 했다.

그때 진정한 보살인 모네 씨를 이웃으로 둔 것은 우리에게 축복이었다. 그가 사는 집은 농장의 중심 농가였는데 우리와 아주 가까운 곳에 있었다. 그가 연장도 빌려 주고 무엇을 언제 심을지 일러 주는 등 다방면에서 우리를 많이 도와주었다. 무슨 일이 있어도 상관없이 언제나 쾌활한 사람이었다. 모네 씨는 몸집도 크지만 힘이 무척 세었다. 우리는 그를 의지하였고 그를 아주 많이 사랑했다.

어느 날 그가 아무런 예고도 없이 심장마비로 세상을 떠났다는 소식을 들었다. 우리는 정성껏 장례를 준비하면서 영적인 지원과 에너지를 그에게 보냈다. 어느 날 밤, 나는 이웃 친구의 죽음에 너무 마음이 아파서 잠을 이룰 수 없었다. 슬픔을 달래려고 걷기 명상을 하는데 갑자기 모네 씨 모습이 떠올랐다. 분명 모네 씨였다. 하지만 내가 알고 지내던 그 모네 씨는 아니었다. 행복하고 고요한 붓다의 미소를 띠고 있는 어린아이 모습의 모네였다. 그것은 착한 이웃 모네 씨가 나에게 준 웃음이었고, 아직도 나와 함께 살아 있다.

모네 씨 같은 친구를 여의는 것은 너무나 큰 아픔이다. 나는 다음날 강의가 예정되어 있었고 그래서 잠을 자려 했지만 잠이 오지 않아 호흡 명상을 시작했다. 침상에 누워 오두막 뜰에 있는 아름다운 나무들을 바라보았다.

수년 전에 우리는 잘생긴 히말라야 삼나무 세 그루를 심었는데 그것들이 제법 커서 걷기 명상을 할 때면 걸음을 멈추고 아름다운 삼나무를 껴안고서 숨을 쉬었다. 나무들은 언제나 내 포옹을 받아주었고 나는 그것을 분명히 알았다. 나는 침상에 누워 숨을 들이쉬고 내쉬면서 삼나무가 되고 호흡이 되었다. 기분이 좀 나아졌지만 그래도 잠은 오지 않았다.

이윽고 나는 별명이 꼬마 대나무인 베트남 아이를 머리에 떠올렸다. 그 아이는 두 살 때 자두마을에 왔는데 어찌나 귀여운지 사람들이, 특히 어린아이들이, 저마다 품에 안고 싶어 안달이었다. 그들은 꼬마 대나무에게 걸어 다닐 짬을 좀처럼 주지 않았다. 그 아이가 이제 여섯 살이 되었다. 나는 숨을 들이쉬고 내쉬며 그 아이와 함께 미소를 짓다가 잠이 들었다.

우리 모두 힘든 순간에 우리를 도와줄 아름답고 건강한 경험과 추억들을 간직해 둘 필요가 있다. 내면의 고통이 너무 심해서 삶의 경이에 접할 수 없는 그런 때가 있다. 그럴 때 우리는 도움이 필요하다. 우리에게 행복한 경험과 추억들로 가득 찬 커다란 창고가 있다면 때로 그것들을 꺼내어 속의 아픈 응어리를 안아 주는 데 많은 도움을 받을 수 있을 것이다.

당신에게도 당신 곁에 가까이 있으면서 당신을 깊이 이해해 주는 친구들이 있을 것이다. 아무 말 하지 않아도 그들과 함께 있는 것만으로 충분한 위로가 된다. 어려움을 겪을 때 당신 친구를 당신 의식 안으로 초대하여 둘이서 함께 호흡할 수 있다. 당신이 혼자라는 느낌일 때 그와 함께 있음을 느끼기 위하여 필요한 내면의 힘을 얻는 데 도움이 될 것이다. 그러나 당신의 고통을 덜기 위해서만 친구의 존재를 이용한다면 집에 돌아왔을 때까지 그에 대한 추억이 남아 있지는 않을 것이다. 순간순간 충실히 깨어 있으면서 깊이 있게 사는 적극적 삶의 경험은 우리 의식 안에 건강한 씨앗을 심는 것과 같다. 평소에 마음챙김 수련을 계속하여 우리 안에 치유력 있고 좋은 씨앗들을 많이 심어 둘 필요가 있다. 그래야 필요할 때 그것들이 우리를 돌봐줄 수 있을 것이다.

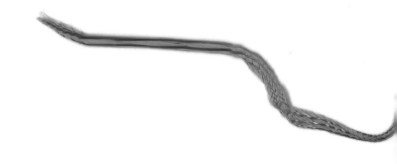

금송金松

우리는 북부 프랑스 '고구마 오두막'에서 가족을 위한 첫 번째 여름 수련회를 가졌다. 그런데 장소가 너무 좁아 참석자들이 사용하기에 공간이 부족했다. 우리는 더 많은 사람들을 수용할 수련센터를 세울 만한 땅을 찾아 남쪽으로 내려갔다.

윗마을(Upper Hamlet)을 처음 보았을 때 너무나 아름다워서 곧장 좋아졌다. 걷기 명상을 할 수 있는 우솔길이 보였고 나는 첫눈에 반해 버렸다. 하지만 주인 드종 씨가 땅을 팔 생각이 없었다. 오랜 세월 농사짓고 살아 온 그 땅을 무척 사랑했던 것이다.

계속 땅을 보러 다니다가 며칠 뒤인 1982년 9월 28일 아랫마을(Lower Hamlet)을 발견하고 그곳을 구입했다. 하지만 우리는 여전히 윗마을을 원했기에 어떻게 되는지 지켜보았다. 그 해에 큰 우박이 내려 드종 씨 농장을 온통 망가뜨렸다. 그는 화가 잔뜩 나서 시장에 아주 비싼 값으로 땅을 내놓았다. 실제로는 팔 생각이 없었던 것이다. 가격이 높았지만 우리는 그 땅을 샀다. 그만큼 거기가 좋았다.

안 티유가 아내와 두 아이들을 데리고 베트남에서 보트로 왔다. 우리와 함께 자두마을을 시작한 첫 번째 식구다. 1982년 겨울에서 1983년 여름까지 우리는 일을 정말 많이 했다. 1983년 초, 윗마을에 나무를 심기 시작했다. 처음 심은 것이 우산처럼 생긴 금송金松 여섯 그루였다. 윗마을은 땅에 바윗돌이 많았고 그래서 이웃 농부들의 도움을 받아 그들의 기계로 나무 심을 구덩이를 파야 했다. 우리는 그 구덩이에 쇠똥을 넣었다. 그날 비가 내려서 모두 흠뻑 젖었다. 일을 마치고 내가 탈이 나서 사흘 동안 누워 지내야 했다. 모두들 걱정이 많았다. 다행히도 얼마 뒤에 일어나 쌀죽을 먹을 수 있었다.

그 시절 우리는 새 터전을 '감나무마을'이라고 불렀다. 1950년대에 우리는 베트남 중부 고원 지대의 다오 라이 숲에 '향기로운 야자 잎 공동체'를 세웠다. 하지만 사회봉사청년학교는 도시 근교에 센터가 필요했다. 『마음챙김의 기적(The Miracle of Mindfulness)』(한국어판,『틱낫한 명상』)을 집필할 무렵 나는 수련센터를 세우면 '감나무마을'이라고 부르리라 생각했다.

8년 뒤 우리 꿈이 이루어졌다. 우리는 감나무를 심으려 했지만 현실에 맞지 않다는 것을 알았고 그래서 자두나무를 심었다. 자두나무를 많이 심으면 살림에 필요한 수입이 있을 거라고 생각했다. 그만큼 순진했다. 우리는 과수원 농부들이 아니었고 그래서 일을 제대로 할 줄 몰랐다. 자두나무 열매보다 자두나무 꽃을 더 많이 즐겼다. 자두마을이라는 이름이 아름다웠고 그래서 감나무마을을 자두마을로 개명했다.

책 제본

자두마을 초창기에 나는 책 제본하는 일을 참으로 즐겼다. 간단한 작업이었다. 칫솔 하나, 작은 윤전기 하나, 2킬로그램 정도 되는 무게의 내화벽돌만 있으면 하루에 책 두 권은 쉽게 제본할 수 있었다. 제본하기 전에 나는 모든 페이지들을 숫자에 맞추어 기다란 널빤지 몇 장 둘레에 늘어놓았다. 그런 다음 줄을 따라 오르내리며 작업하는데 걸음을 옮길 때마다 페이지 숫자가 정확한지 알아야 했다.

걷는 동안 조금이라도 정신이 다른 데로 가 있으면 안 되니까, 천천히 페이지를 모으면서 움직임 하나하나에 집중하여 부드럽게 숨을 쉬고 그 모든 숨을 알아차렸다. 페이지를 모으고 그것들에 풀칠을 하고 책 표지를 만들어 씌우는 동안 나는 정말 평화로웠다.

내가 전문 제본공이나 기계만큼 하루에 많은 책을 생산할 수 없었다는 건 나도 안다. 하지만 내가 내 작업을 사랑했다는 사실도 나는 안다. 당신이 돈을 많이 벌어야 한다면 일을 열심히 그리고 빨리 해야 한다. 하지만 간소한 생활로 만족한다면 차분하게 그리고 충분히 깨어 있으면서 일할 수 있다. 당신이 당신의 일을 즐기려면 어떻게 해야 하겠는가?

사과주스와 솔방울

하루는 파리 외곽 '고구마 공동체'에서 아이들 넷이 놀고 있었다. 하나는 네 살하고 반 년 된 탄 두이였고 다른 셋은 그의 학교 친구들이었다. 두이는 아버지가 파리에서 직장을 구하는 동안 우리와 함께 머무는 중이었다. 집 뒤편 언덕에서 한 시간쯤 놀다가 돌아온 아이들이 내게 마실 것을 달라고 했다. 마침 집에서 만든 사과주스가 한 병 있기에 한 컵씩 따라주고 두이는 맨 마지막으로 주었다. 그런데 두이의 컵에 담긴 주스는 병 바닥에 깔려 있던 것이라 찌꺼기가 섞여 있었다. 두이가 그것을 보고 입을 비죽거리며 마시려 하지 않았다. 네 아이가 다시 언덕으로 놀러 갔다. 다른 아이들도 주스를 마시지 않았다.

반시간쯤 뒤, 내 방에서 명상을 하던 중 나는 두이가 부르는 소리를 들었다. 냉수를 마시고 싶은데 까치발을 해도 손이 찬장에 닿지 않았던 것이다. 나는 마시지 않은 주스가 식탁 위에 그대로 있는 것을 생각하고 두이에게 그걸 마시라고 일러주었다. 두이는 식탁으로 가서 거기 유리컵에 담겨 있는 찌꺼기가 가라앉아 맑아진 주스를 보았다. 녀석이 유리컵을 들어 반쯤 마시더니 컵을 내려놓으며 나에게 물었다.

"삼촌 스님, 이거 다른 주스예요?"

삼촌 스님(Uncle Monk)은 베트남 아이들이 나이 든 스님을 부르는 별칭이다.

내가 말했다.

"아니, 같은 주스다. 잠시 가만 두니까 그렇게 맑아진 거야."

두이가 다시 컵을 바라보았다.

"진짜 맛있어요. 삼촌 스님처럼 명상을 했나요?"

내가 웃으며 아이 머리를 쓰다듬어 주었다.

"그래, 아마 그럴 거다. 내가 사과주스를 거기 그냥 두었을 때 명상하라고 시킨 거나 마찬가지니까."

그날 불과 네 살하고 반 년 된 꼬마 계집아이가 긴 설명도 없이 명상의 의미를 이해했다고 나는 생각한다. 사과주스가 잠시 쉬는 동안 맑아졌다. 마찬가지다. 잠시 명상하면서 가만히 있으면 우리 도 맑아진다. 그 맑음이 우리를 신선하게 해 주고 힘과 명징明澄함 을 우리에게 선물한다.

그날 밤 아이들이 잠자리에 들었을 때, 한 손님이 찾아왔다. 나 는 마지막 남은 사과주스를 컵에 담아 명상 홀 가운데 탁자에 놓아 두었다. 그리고 친구에게 저 사과주스처럼 조용히 앉아 있으라고 말해 주었다.

한번은 휴일을 맞아 학교가 쉬는 날 산책을 나갔던 두이가 솔 방울을 잔뜩 주워 가지고 돌아왔다. 그러고는 땅이 솔방울을 주어 서 우리가 그것으로 불을 때어 겨울을 따뜻하게 지낸다고 말했다. 내가 아이에게, 솔방울은 사람들이 불 때게 하려고 있는 게 아니라 새끼 소나무를 낳으려고 거기 있는 것이라고 말해 주었다. 내 설명 에 실망하기는커녕 오히려 아이 눈이 더 반짝거리며 빛을 내었다.

글쓰기의 행복

자두마을 초창기 몇 년 동안 나는 승려들 생활영역인 윗마을 방 하나에 자주 머물렀다. 방은 석조건물 1층에 있었고 위층은 서재였다.

그 무렵 나는 『오랜 길 흰 구름(Old Path White Clouds)』을 집필 중이었다. 아직 중앙난방 시설이 없던 때였다. 위층 서재에 작은 스토브가 하나 있고 날씨가 무척 추웠다. 나는 오른손으로 글을 쓰면서 왼손은 스토브 위에 올려놓았다. 글 쓰는 일이 너무나 행복했다. 내 때로 일어나서 직접 차를 끓이기도 했다. 매일 몇 시간씩 글을 썼는데 그 시간이 차 한 잔 들고 붓다 앞에 앉아 있는 것처럼 느껴졌다. 글을 쓰는 동안 내가 행복했으므로 책을 읽는 사람들도 행복할 것이라고 나는 생각했다.

『오랜 길 흰 구름』을 쓰는 건 힘든 작업이 아니었다. 오히려 큰 기쁨이었고 발견의 시간이었다. 다른 대목보다 쓰기 힘든 대목들도 물론 있었다. 그중 하나는 붓다가 제자인 카샤파 형제들에게 처음으로 설법하는 대목이었다. 그때 붓다가 제자들을 납득시키려고 여러 가지 기적을 일으켰다는 이야기들이 있지만, 나는 그분이 큰 자비와 이해로 당신의 일을 하셨다는 사실을 보여 주고 싶었다. 붓다의 이해와 자비에 무한 능력이 있는데 구태여 기적의 능력을 사용할 필요가 있겠는가? 나는 이런 빛에서 그 장章을 쓸 수 있으리라고 강하게 확신했다. 하지만 실은 그 장이 가장 쓰기 힘들었다.

두 번째로 어려운 대목은 붓다가 깨달음을 얻은 뒤에 가족을 만나러 집으로 돌아가는 장면이었다. 비록 깨달은 존재지만 여전히 그는 부모의 아들이고 형제들의 동기였다. 나는 그의 인간됨을 손상시키지 않는 방식으로 글을 써 나갔다. 그가 아버지를 만나 손을 잡고 누이를 만나고 전에 아내였던 야소다라와 아들 라훌라를 대하는 장면들이 모두 아주 자연스럽게 써졌다.

내가 그렇게 쓸 수 있었던 것은 옛 조사스님들이 보이지 않는 힘으로 나를 이끌어 주셨기 때문이었다. 『오랜 길 흰 구름』의 목적은 독자들이 인간 붓다를 재발견하는 데 도움을 주자는 것이었다. 나는 사람들이 붓다에게 자주 씌워 주는 신비스러운 후광後光을 지우려고 했다. 우리가 붓다를 한 인간 존재로 보지 못하면, 붓다를 가까이 느끼고 이해하기가 어려울 것이다.

연꽃 차茶

몇 년 전만 해도 베트남에서는 사람들이 연못에 작은 배를 타고 들어가 연꽃 속에 찻잎을 넣어 두었다. 연꽃이 저녁에 오므라들어 밤새도록 향이 찻잎에 배어든다. 그러면 이른 새벽 아직 이슬이 연잎에 맺혀 있을 때 배를 타고 가서 찻잎을 꺼낸다. 신선한 물에 작은 풍로에 찻잔에 주전자까지, 맛있고 향기로운 차茶를 우리는 데 필요한 모든 장비가 배에 갖추어져 있다. 사람들은 아름다운 새벽빛을 받으며 차를 마련하여 연못에서 함께 마시며 아침시간을 즐겼다. 요즘에도 연못은 있지만 사람들이 연잎 차를 만들어 마실 뿐, 하던 일을 멈추고 일부러 연꽃을 바라보는 시간을 따로 내는 것 같지는 않다.

자두마을에서는 가끔 차 명상을 한다. 그냥 차 한 잔 마시며 자투리 두세 시간을 함께 보내는 것이다. 우리는 조용하고 평화로운 분위기를 즐길 수 있도록 모든 준비를 사전에 갖추어 놓는다. 방석들을 둥글게 깔고 예쁜 꽃병과 촛불을 중앙에 놓아둔다. 그런 다음 거기 모여서 차와 과자를 먹고 마시며 1시간 반쯤 시간을 보낸다. 아무 일도 하지 않고 아무 데도 가지 않는다. 그냥 맑고 친밀하고 틀에 짜이지 않은 분위기에서 시와 노래와 이야기를 서로 나눈다. 보통 차 한 잔 마시는 데 몇 분이면 충분하다. 하지만 이런 식으로 지금 여기에 진실히 현존하면서 이해와 행복을 서로에게 나눠 주려면 시간이 좀 걸리게 마련이다.

오빠와 누이동생

여름철마다 누이동생과 함께 자두마을을 방문하던 소년이 있었다. 그가 넘어져서 다칠 때면 아이 아버지는 달려와서 도와주는 대신 큰소리로 나무랐다. 소년은 나중에 커서 어른이 되면 절대로 아버지처럼 되지 않겠다고, 자기가 낳은 아이들 가운데 하나가 넘어져 다치면 소리 지르지 않고 달려가서 도와주겠다고 맹세했다. 이것이 그의 단단한 결심이었다.

어느 해 여름, 그들 오뉘가 자두마을에 왔는데 어린 누이동생이 다른 아이와 그물침대에서 놀다가 침대가 부서지는 바람에 바닥으로 곤두박질하여 무릎에 피가 났다. 소년이 자기 누이를 보고 화를 내며 "넌 왜 늘 그 모양이냐? 바보같이!"라고 소리치려는 자기를 보았다.

자기 감정을 알아차리는 수련을 받은 소년이 감정을 표출하지 않고 속에서 터져 나오려는 큰소리를 스스로 막았다. 그러고는 걷기 명상을 하면서, 자기 안에 있는 분노 에너지가 아버지로부터 물려받은 것임을 깨달았다. 그 아이가 마음 챙겨 숨 쉬고 조용히 평화로이 앉아 있는 수련을 하지 않으면 자기 아버지하고 똑같이 행동했을 것이다. 산스크리트어로 그것을 좋지 않고 파괴적인 행동의 습관, '삼사라(윤회)'라고 부른다. 소년은 집에 가서 아버지에게 자기와 함께 앉기 명상을 하자고 말해야겠다는 강한 충동이 일었다. 그렇게 좋은 의도가 자기 안에 살아나면서 아버지를 향한 분노와 원망이 녹아 버렸다.

소년의 나이 열두 살이었다. 나이야 상관없는 것이라지만, 그래도 겨우 열두 살 된 아이로서 우리의 고통을 바꿔 놓는 놀라운 깨달음을 얻은 것이다. 그 아이에게 가능한 일이면 우리에게도 얼마든지 가능하다.

못

어느 날 아이들과 함께 슈퍼마켓에 간 일이 기억난다. 우리는 테이블을 만들 참이었는데 필요한 못을 사기 위해서 함께 가기로 했던 것이다. 슈퍼마켓으로 가기 전에 내가 아이들에게 말했다. "이건 명상수업 시간이다." 아이들은 특별 외출로 무척 행복해하였다. 우리는 필요한 못만 사고 다른 물건은 사지 않기로 약속했다.

슈퍼마켓에서 우리는 천천히 마음챙김으로 구석구석 오가며 쌓여 있는 상품들을 살펴보았다. 비록 사지 않을 물건이지만 그것들을 깊이 살펴보는 것이 우리의 의도였다. 자주 나는 걸음을 멈추고 선반 위의 물품 목록을 가리키며, 거기 들어있는 것이 무엇이고 무슨 용도로 만들어졌으며, 어떤 효과를 얻을 수 있는지 설명해 주었다.

우리는 이런 기회들을 활용하여 아이들에게 왜 우리가 어떤 물건은 쓰지 말아야 하는지를 가르칠 수 있다. 그렇게 해서 아이들은 자기 자신을, 서로를, 그리고 이 지구를, 어떻게 보살필 것인지 배울 수 있다. 슈퍼마켓에는 아이들, 특히 학교에 갈 기회를 얻지 못한 아이들의 노동력으로 만들어진 물건들이 있다. 그리고 매우 파괴적인 독성이 들어 있는 상품들도 있다.

우리는 마음속에 자비를 품고서 물건 소비하는 법을 배워야 한다. 마음 챙기는 소비생활을 수련함으로써 우리 자신을 치유하고 사회를 치유하고 지구별을 치유할 수 있다.

그날 나는 아이들과 함께 한 시간 반을 슈퍼마켓에서 보냈다. 그날 우리가 산 것은 한 줌의 못이 전부였다.

보리수나무

자두마을에는 여름철마다 수많은 방문객들에게 시원한 그늘과 기쁨을 안겨 주는 아름다운 보리수나무가 한 그루 있다. 한번은 심한 폭풍으로 가지들이 마구 부러졌다. 폭풍이 끝나고 보리수나무를 보았을 때 나는 울고 싶었다. 나무기둥을 안아 줘야겠다는 생각이 들었지만 나무의 아픔을 내 몸으로 느낄 수 있었기에 그러면 더 상처가 심할 것 같았다. 그래서 나는 나무를 도와줄 다른 방법을 찾기로 했다. 다행히도 내 벗들 가운데 나무박사가 한 사람 있었다. 그가 보리수나무를 정성껏 돌봐주었고 덕분에 지금은 전보다 더 아름답고 더 건강해졌다. 그 나무가 없었으면 우리 집이 달라졌을 것이다. 틈만 나면 나는 보리수나무를 어루만지며 그 생명을 몸으로 느낀다.

나무들은 우리의 오랜 형제자매 같은 존재들이다. 우리는 그들을 돌보며 존중하는 마음으로 대해야 한다. 당신의 가장 친한 벗들과 가족들을 대하듯이 그들에게 충실하시라.

껴안기 명상

나는 1966년 애틀랜타에서 처음 껴안기를 배웠다. 한 여류시인이 나를 공항까지 데려다주었는데 작별하기 전에 그녀가 내게 물었다.

"불교 스님을 안아 드려도 될까요?"

우리나라는 사람들이 공개된 자리에서 그런 식으로 자기를 표현하지 않지만, 나는 생각했다. '내가 명색이 선禪을 가르치는 교사다. 이 여인에게 안긴다 해서 문제될 것 없지.' 그래서 말했다.

"아, 좋습니다."

그녀가 나를 껴안았다. 하지만 나는 차라리 나무토막이었다. 비행기에서 어차피 서양 친구들과 함께 일하기로 했으면 서양 풍습을 배워야 할 것이라고 생각했다. 그래서 내가 '껴안기 명상(hugging meditation)'을 발명하게 된 것이다.

껴안기 명상은 동양과 서양의 결합이다. 티백tea bag과 흡사하다. 차는 아시아에서 난 것인데 우리는 그것을 갈무리하여 조심스럽게 우려낸다. 그 차가 서양에 왔을 때 사람들이 쉽고 편하게 차를 마실 수 있도록 티백을 만들었다.

껴안기 명상을 할 때 당신은 당신이 안고 있는 사람을 진정으로 안아야 한다. 당신 품에서 그 사람이 진실로 존재하게 해야 한다. 그냥 겉모양으로 안고서 상대의 등을 두어 번 두드려 주는 것 가지고는 안 된다. 그러지 말고 진심으로 거기 있으면서 온전히 현존하라. 당신 머리와 가슴과 온몸으로 상대를 안고서 마음 모아 숨을 쉬는 거다. "숨을 들이쉬면서 사랑하는 사람이 살아서 내 품에 안겨 있음을 나는 안다. 숨을 내쉬면서 이 사람은 참으로 나에게 소중한 사람이다." 이렇게 상대를 안고 세 번 숨을 들이쉬고 내쉬는 동안 상대방이 당신 품에서 진짜로 존재하고 동시에 당신도 진짜로 존재하는 것이다. 당신이 누구를 사랑하면 그가 행복하기를 당신은 바란다. 그가 행복하지 않은데 당신이 행복해질 방법이 없다. 행복은 개인의 물건이 아니다. 참 사랑은 깊은 이해를 전제한다. 실제로 사랑은 이해의 다른 이름이다. 당신이 누구를 이해하지 못하면 그를 사랑할 수 없다. 이해가 없을 때 당신이 누구를 사랑하면 그에게 고통을 안겨 줄 따름이다.

오렌지 명상

여러 해 전, 짐이라는 미국 젊은이가 나에게 마음챙김 수련을 가르쳐 달라고 했다. 한번은 그와 함께 있는 자리에서 내가 그에게 오렌지 한 알을 주었다. 짐이 오렌지를 받아 들고서 자기가 참여하는 평화와 사회정의 등을 위한 사업 얘기를 계속했다. 그는 오렌지를 먹고 있었다. 하지만 동시에 생각도 하고 말도 하고 있었다. 나는 오렌지를 벗겨 입에 넣고 급히 씹어 삼키는 짐 곁에 가만히 앉아 있었다.

이윽고 내가 말했다.

"짐, 그만!"

그가 나를 쳐다보았다. 내가 말했다.

"오렌지를 먹으라고."

그가 말을 알아들었다. 말을 멈추더니 마음을 챙기면서 천천히 오렌지를 먹기 시작했다. 남은 오렌지를 조심스레 조각내어 향을 맡고 한 조각 입에 넣고 혀를 굴려 그 맛을 음미하였다. 그렇게 오렌지를 먹는 동안 급히 서두를 아무 이유가 없고 따라서 오렌지의 향과 맛을 즐기면서 먹을 시간이 충분하다는 사실을 그는 알았다. 이런 식으로 오렌지를 먹으면 그 오렌지가 진짜 오렌지로 되고 오렌지를 먹는 사람도 진짜 사람으로 된다는 것을 알았다. 오렌지를 먹는 목적이 무엇인가? 그냥 오렌지 하나를 먹어 없애는 건가? 당신이 오렌지를 먹는 동안은 오렌지를 먹는 것이 당신 인생에서 가장 중요한 일이다.

다음에 직장이나 학교에서 당신도 오렌지 먹을 기회가 있을 것이다. 그때 그것을 손바닥에 놓고 잠시 들여다보고 향도 맡고 그렇게 해서 오렌지를 진짜 오렌지로 만들어 보라. 그러는 데 많은 시간이 필요치 않다. 이삼 초면 충분하다. 그것을 자세히 들여다보라. 아름다운 나무, 꽃망울, 햇빛, 비 그리고 작게 맺힌 열매가 보일 것이다. 날마다 햇빛과 비를 받아먹으며 그 작은 열매가 지금 당신 손 안에 있는 오렌지로 자라는 것도 보일 것이다. 그 빛깔이 초록에서 황금빛으로 바뀌고 속으로 익어 가며 맛이 스며드는 것도 보일 것이다.

이런 식으로 오렌지를 들여다보면 당신은 그 안에서 우주, 햇빛, 비, 구름, 나무, 나뭇잎 그리고 다른 모든 것을 보게 될 것이다. 오렌지 껍질을 벗기고 냄새를 맡고 그 맛을 음미하는 동안 당신은 아주 많이 행복할 수 있다.

낙엽 모으기

가을이면 나는 자두마을 오두막에서 낙엽 긁어모으는 일을 즐겨 한다. 사흘이나 나흘에 한 번 작업한다. 낙엽 모으기가 길을 깨끗이 청소하는 것이기도 하지만 명상을 지속하는 것이기도 하다. 건강할 때 나는 적어도 하루에 두 번 조깅을 한다. 마음 챙겨 달리고, 마음 챙겨 낙엽을 긁어모은다.

하지만 낙엽 모으기가 달리거나 걷는 길을 깨끗하게 청소하기 위한 것만은 아니다. 낙엽을 모으는 것은 낙엽 모으기 자체를 즐기기 위한 것이기도 하다. 그래서 나는 작업하는 동안 나를 행복하고 평화롭고 튼튼하게 해 주는 방식으로 갈퀴를 잡는다. 내 동작 하나하나가 깨달음의 행동, 기쁨의 행동, 평화의 행동인 것을 스스로 확인하고 싶다. 그러므로 나는 서두르지 않는다. 갈퀴질을 하는 동작 자체가 길을 깨끗이 하는 것 못지않게 놀라운 것이기 때문이다. 그 일보다 더 나를 만족시켜 주는 게 없다. 모든 갈퀴질이 나에게 기쁨과 안정과 자유를 가져다준다. 낙엽을 긁어모으는 동안 나는 완전한 나 자신으로 완벽하게 현존해야 한다. 그래야 낙엽 긁어모으기가 더 이상 '길을 청소하는' 작업으로 끝나지 않을 수 있다. 낙엽 모으기 자체가 삶이다.

낙엽 모으기 수련의 열매를 거두는 데는 오랜 시간이 걸리지 않는다. 낙엽을 긁어모으는 본인의 동작에 완전 깨어 있으면서 한 번 갈퀴질하는 것으로 금방 보상을 얻을 것이다. 모든 갈퀴질이 그대로 하나의 예술품이다.

숨 쉬기와 낫질

낫으로 풀을 베어 본 적이 있는가? 여러 해 전에 나는 낫을 사서 오두막 부근의 풀을 베어 보려고 했다. 낫 쓰는 법을 제대로 익히기까지 한 주일 넘게 걸렸다. 서 있는 법, 낫자루 잡는 법, 풀과 낫이 적당한 각도로 만나게 하는 것이 모두 중요하다. 낫질을 호흡에 맞추고 동작 하나하나에 마음을 챙겨 서두르지 않으면 더 오랜 시간 일할 수 있다는 사실을 알게 되었다. 그러지 않으면 십 분도 못 되어 몸이 지쳐 버린다.

하루는 이탈리아 시골에서 자란 프랑스 사람이 우리 이웃을 방문했다. 내가 그에게 낫질하는 걸 보여 달라고 부탁했다. 나보다 훨씬 낫질에 익숙한 사람이었다. 일하는 동안 내내 거의 똑같은 동작을 보여 주었다. 나를 무엇보다 놀라게 한 것은 그 또한 움직임을 호흡에 맞추고 있다는 사실이었다. 그 뒤로 우리 이웃이 낫질할 때마다 호흡과 동작에 마음 챙기는 것을 나는 알았다.

이제 나는 괭이, 삽, 갈퀴 등 어떤 연장을 쓰든지 간에 동작과 호흡을 맞춘다. 큰 돌을 굴리거나 바퀴 하나 있는 수레를 끄는 것처럼 힘을 많이 써야 할 때 호흡에 깨어 있기는 쉬운 일이 아니다. 하지만 땅 갈고 고랑 파고 씨 뿌리고 거름과 물을 주는 것 같은 대부분의 밭일은 편안하게 마음을 챙기면서 할 수 있다.

지난 몇 년 동안 나는 나 자신을 고단하게 하거나 일하면서 호흡을 놓치지 않도록 조심해 왔다. 그보다는 내 몸을 혹사하지 않는 게 더 낫다고 생각한다. 연주자가 자기 악기를 돌보듯이 내 몸을 돌

보고 존중해야 한다. 당신 몸에 '비폭력 원리'를 적용하는 것은 마음
챙김 수련의 한 방편에 그치지 않는다. 그것 자체가 수련이다. 당신
몸은 신전神殿일 뿐 아니라 현자(賢者, the sage)이기도 하다.

수학 교사

여러 차례 자두마을 수련 모임에 참석한 캐나다의 수학 교사가 있었다. 훌륭한 수학 교사였지만 수년 동안 교실에서 힘든 시간을 보내야 했다. 너무 쉽게 화를 내는 기질 때문이었다. 일단 화가 나면 큰소리를 지르고 학생들에게 분필을 던지기 일쑤였다. 짜증이 나서 학생들 숙제노트에 "어쩌면 이렇게도 멍청하냐?"라고 쓰기도 했다.

그러던 그가 몇 차례 마음챙김 수련을 하고 나서 극적으로 바뀌었다. 교실에 들어갈 때마다 천천히 걷기 명상을 하면서 들어갔다. 칠판 글씨를 지울 때도 한 자 또 한 자 부드럽게 정성껏 지웠다. 놀란 학생들이 물었다.

"선생님, 왜 그래요? 아파요?"

그가 웃으며 대답했다.

"아니, 아프지 않다. 그냥 무슨 일이든지 마음을 모아서 하려는 것뿐이야."

교실에는 종이 없었다. 그러자 교사는 학생들에게, 매 시간 15분마다 한 학생이 손뼉을 치면 모두 하던 일을 멈추고 편하게 숨 쉬면서 웃음을 짓자고 제안했다. 학생들은 그 수련을 좋아했고, 점점 더 선생님을 사랑했다. 이제 교사는 학생들 숙제노트에 "어쩌면 이렇게도 멍청하냐?"라고 쓰는 대신, "아직 이해를 못했구나? 내 잘못이다."라고 썼다. 바야흐로 마음 챙기는 교사면서 마음챙김을 가르치는 교사로 되었다.

그의 교실이 전교에서 가장 즐거운 교실로 소문이 났다. 이내 다른 모든 교실들이 그의 테크닉을 따라서 하게 되었다. 그가 은퇴할 나이가 되었다. 하지만 학교는 그에게 몇 년 더 학생들을 가르쳐 달라고 요청했다.

천천히 마음 챙겨 행동하는 것 하나로 우리는 자기 자신과 가족, 학교, 직장, 이웃, 시청, 정부, 지구 공동체를 변화시킬 수 있다. 당신이 교사라면, 부모, 기자, 의사, 작가라면, 당신의 재능으로 이런 변화를 일으켜 보라. 우리는 집단으로 이 명상 수련을 해야 한다. 우리가 처한 상황을 깊이 들여다보는 것은 개인의 문제가 아니기 때문이다. 집단의 지혜를 창출하기 위해서는 저마다의 통찰을 결집시켜야 한다.

우리 뜰의 야자수

한번은 학생들을 데리고 중국에 갔는데 그곳 선승禪僧이 당신 절의 뜰을 보여 주었다. 관목 한 그루를 가리키며 그가 말했다. "요즘 사람들은 나뭇잎이나 꽃을 보면서 꿈속에 있는 것 같다고들 하지요." 나는 길을 걸을 때, 특히 숲길을 걸을 때, 이것이 꿈이 아니라 현실임을 실감하면서 풀과 나무들을 유심히 살펴본다. 그리고 나는 그일에 성공했다.

어느 날 밤, 꿈속에서 야자나무 사이로 걷기 명상을 하는데 어린 야자 잎들이 신선하고 보드랍고 파랗게 빛나고 있었다. 풀과 나무들이 너무나 생생하게 살아 있는 것처럼 느껴졌다. 꿈속에서 나는 손을 내밀어 어린 야자 잎을 만지며 마음 챙겨 그 우아한 아름다움을 감상하였다. 당신도 마음챙김 수련을 충분히 하면 꿈속에서 마음을 모아 생명의 경이로움에 접할 수 있다. 그날 잠에서 깨어났을 때 나는 프랑스로 돌아가면 즉시 뜰에 야자수를 한 그루 심어야겠다고 마음먹었다.

집에 오는 길로 종묘원에 가서 매우 아름다운 야자수 묘목을 발견하고 그녀를 우리 집으로 초대했다. 그 야자수는 종묘원에서 왔을 뿐 아니라 내 꿈에서 왔다고도 말할 수 있다. 나는 창밖으로 내다보이는 장소에 나무를 심었고 나무는 봄마다 아름다운 꽃을 우리에게 선사한다. 글을 쓰거나 편집을 하다가 잠시 쉴 때 나는 늘 그나무를 바라본다. 나무는 우리 상가의 한 식구가 되어 부디 행복하라고, 삶의 매 순간을 즐기라고, 나에게 일러준다.

모든 마을, 이웃, 공동체들이 작고 아름답고 조용하고 한적한 뜰이 있어서 그곳에서 다른 식구들을 만나 서로 평화와 안녕을 주고받았으면 좋겠다. 그 뜰에 당신은, 내가 작은 야자수를 즐겨 가꾸듯이, 당신이 즐겨 가꿀 나무들을 심고 이웃 사람들과 함께 뜰을 돌보며 거기 있는 나무들을 당신 친구로 삼을 수 있다. 사람들이 말없이 아무 일도 하지 않고 그냥 앉아 있는 곳에서 당신은 아름다운 걷기 명상을 할 수도 있다. 조용히 앉아 있는 법을 배우면 당신은 그것으로 충분히 행복해질 수 있다.

아무 걱정 없이 뒤에 할 일을 생각하지 않고 앉아 있을 기회를 놓치지 마라. 당신의 짐과 염려와 계획을 내려놓아라. 그냥 앉아서 당신이 살아 있음을 느껴라. 당신 아들과 딸과 배필과 친구들과 함께 앉아 있어라. 그것만으로 충분히 행복할 수 있다.

사랑에 빠지다

겨울 아침에 일어나면 나는 따뜻하게 차려입고 윗마을 둘레를 산책한다. 보통은 아직 날이 어둡지만 나를 에워싼 하늘, 달, 별들의 자연에 접하여 조용히 걷는다. 한번은 산책을 마치고 오두막에 돌아와서 이렇게 썼다. "어머니 지구별과 사랑에 빠지다."

나는 연애를 막 시작한 젊은이처럼 흥분한다. 가슴이 마구 두근거린다. 사실이다. 밖에 나가 땅 위를 걸으며 자연의 아름다움과 경이로움을 즐길 생각만 해도 내 가슴은 벌써 기쁨이 충만하다. 땅은 내게 많은 것을 준다. 나는 너무나도 그녀를 사랑한다. 놀라운 사랑이다. 배신이 있을 수 없는 사랑이다. 우리는 가슴을 땅에 내어주고 땅은 그 옹근 존재로 자기를 우리한테 내어준다.

어머니 지구는 진실하다. 그녀는 당신이 만지고 맛보고 듣고 볼 수 있는 살아 있는 실재다. 우리에게 생명을 준다. 우리가 죽으면 그녀에게로 돌아갈 것이고 그녀는 우리에게 다시 또다시 생명을 줄 것이다. 희망을 잃고 땅에서의 삶에 지쳐서 다른 어디 고통 없는 하늘나라에 태어나기를 바라는 사람들이 있다. 하지만 정말 그런 데가 있는지 아무것도 확실치 않다. 천문학자들이 고성능 망원경으로 수많은 은하계를 탐색해 보았지만 아직까지 지구별만큼 아름다운 곳을 찾지 못했다. 어머니 지구가 저토록 아름다운데, 언제든지 당신을 껴안아줄 준비를 갖추고서 당신을 환영하는데, 다른 어디로 가고 싶다는 건가?

나는 옹근 지구별이 내 고향, 내 집인 것을 배워서 알고 있다.

나는 내 사랑을 아시아 베트남의 좁은 지역에 국한시키지 않는다. 이런 깨달음 덕분에 나는 많은 변화와 치유를 경험했다. 당신 사랑이 아직 작다면 당신 가슴을 넓혀야 한다. 당신 사랑이 옹근 지구별을 품어 안을 수 있어야 한다.

우리가 이 떠돌이별과 사랑에 빠질 때에만 진정한 변화가 일어날 것이다. 어떻게 자연과 더불어 서로 어울리며 살 것인지, 기후변화로 인한 파괴적 결과의 고통에서 어떻게 우리를 구해 낼 것인지, 그 방법을 오직 사랑만이 우리에게 보여 줄 수 있다. 지구별의 덕목과 재능을 제대로 인식할 때 우리는 그녀와의 내밀한 결합을 느끼고, 거기에서 사랑이 태어난다. 우리는 결합되기를 원한다. 그렇게 해서 둘이 하나로 되는 것, 그게 사랑이다. 당신이 누구를 사랑할 때 당신은 당신 자신을 돌보듯이 그를 돌보고 싶어 한다. 우리가 지구를 그렇게 사랑할 때, 그것은 주고받는 사랑이다. 우리는 지구의 유익을 위해서 할 수 있는 모든 일을 다 하고, 지구도 우리의 안녕과 행복을 위해서 할 수 있는 모든 일을 다 할 것이다.

고목에 피는 꽃

생리적으로 나는 날마다 늙고 또 늙는다. 하지만 어떤 점에서 나는 젊어지고 또 젊어진다. 참 이상한 일이다. 날마다 자리에서 일어나며 새로운 깨달음을 얻는다, 마치 늙은 나무가 새 꽃을 피우듯이. 그리고 내 사랑은 계속 자란다.

베트남에는 노란 꽃이 피는 자두나무가 있다. 수명이 무척 길다. 때로는 기둥이 뒤틀리기도 한다. 음력 설날이면 잔가지들에서만 꽃이 피는 게 아니라 몸통에서도 핀다. 내가 그 나무 같다는 느낌이다. 아침에 일어날 때 저 깊은 속에서 새로운 깨달음이 돋아난다. 일부러 힘들여 수련하지 않아도 된다. 아무 노력도 하지 않는데 저절로 생겨난다. 씨를 심고 물을 주면 싹이 돋는 것과 비슷하다.

당신이 만일 4월의 프랑스에 온다면 해바라기 꽃을 보지 못할 것이다. 하지만 벌써 농부들이 씨를 뿌려 놓았다. 그리고 거름도 주었다. 모든 것이 준비되었다. 6월이 되면 줄기가 한두 뼘쯤 자라고, 한 달 안에 여기저기에서 해바라기들이 꽃을 피운다. 그것이 자라서 제때에 꽃을 피우리라는 것을 믿고, 마음 밭에 좋은 씨를 심는 것이 우리의 수행이다. 깊이 들여다보면 4월에도 해바라기 꽃을 볼 수 있다.

숨바꼭질

13, 4세기 베트남 죽림학원 3대 조사祖師였던 후엔 쾅 선사는 국화 꽃을 몹시 사랑하셨다. 북베트남 콘 손사寺에 머물면서 절 주변 사방에 국화를 심으셨다.

무엇을 사랑할 때 우리는 그 꼴에 집착한 나머지 그것이 변하고 죽는다는 사실을 모른다. 그것이 우리를 고통스럽게 한다. 한 송이 꽃은 꽃망울로 꽃으로 지를 드러내어 몇 주쯤 우리 곁에 있다가 차츰 변하면서 꽃잎이 시들어 간다. 그러다가 때가 되면 떨어져 죽는다. 국화를 사랑할 때 우리는 태어남과 머무름과 변화와 죽음 너머의 국화를 보아야 한다. 그것이 저를 드러낼 때 우리는 웃으며 그것을 즐긴다. 그것이 자취를 감출 때 우리는 울거나 슬퍼하지 않는다. 그러고는 말한다, "내년에 다시 보자."

프랑스 우리 오두막에 일본 모과나무가 한 그루 있다. 보통 봄에 꽃을 피우는데 한 해 겨울 날씨가 따뜻해서 꽃망울이 일찍 돋아났다. 그런데 하룻밤 사이 꽃샘추위로 서리가 내렸다. 이튿날 걷기 명상을 하다가 나무의 꽃들이 모두 죽어 있는 것을 보았다. 나는 생각했다, '올해는 풍성한 꽃으로 불단을 꾸며 드릴 수 없겠군.'

몇 주 뒤에 날씨가 다시 따뜻해졌다. 뜰을 걷다가 모과나무에 새로운 꽃들이 피어나는 것을 보았다. 내가 모과나무한테 물어보았다. "너희들 지난번 서리에 죽은 그 꽃들이니? 아니면 다른 꽃들이니?" 꽃들이 대답했다. "우리는 같지 않다. 그리고 다르지도 않다. 조건이 갖추어지면 나타나고 조건이 갖추어지지 않으면 뒤로 숨는다.

그토록 간단하다."

붓다가 가르치신 게 바로 이것이다. 조건이 갖추어지면 사물이 나타난다. 조건이 갖추어지지 않으면 숨는다. 그래서 다시 나타날 수 있을 때까지 기다린다.

나를 낳기 전에 우리 어머니는 다른 아이를 뱃속에 가지셨다. 그런데 뭐가 잘못돼서 유산을 하고 아이는 태어나지 못했다. 어려서 나는 자주 묻곤 했다. "그게 형이었어요? 아니면 나였어요? 그때 태어나려고 했던 게 누구였나요?" 한 아이가 유산되었으면 그가 나타날 조건이 충분하게 갖추어지지 않았던 것이고 그래서 더 좋은 조건을 기다리기 위해 뒤로 물러서기로 아이가 결심한 것이다. "뒤로 숨는 게 좋겠어요, 사랑하는 엄마. 금방 다시 올게요." 우리는 그의 뜻을 존중해야 한다. 이런 눈으로 세상을 보면 훨씬 덜 고통스러울 것이다. 어머니의 잃어버린 아이가 우리 형이었던가? 아니면, 내가 나오기로 했다가 "아직 때가 아니군." 하고서 뒤로 물러선 건지 모른다.

세상의 고향집에서

서로 인사하기

여러 해 전, 타이완을 방문했을 때 몇 친구들과 함께 먼지 이는 길을 걷고 있었다. 맞은편에서 한 아이가 어머니 손을 잡고 우리 쪽으로 걸어왔다. 나는 아이와 눈을 마주치며 두 손을 가슴에 모았다. 상대방 안에 붓다가 계시는 줄 알고서 가슴에 손을 연꽃송이처럼 모으고 가볍게 고개를 숙이는 것이 우리네 전통적 인사법이다. 아이가 어머니 손에 잡히지 않은 다른 손을 가슴까지 들어 올리고 내 안에 계신 붓다에게 고개를 숙였다. 그렇게 스쳐 지나간 뒤에 어린 꼬마가 등을 돌려 우리를 쳐다보는데, 눈을 크게 뜬 모습이 나를 알아보는 것 같았다. 나도 우리가 전에 만났다는 느낌이 들었다. 나는 친구들과 함께 서서 그들의 걸어가는 모습을 보이지 않을 때까지 바라보았다.

나는 자주 그 달콤한 만남이, 어떻게 우리가 서로 안에 있는 선善과 평화를 알아볼 수 있는지를 보여 주는 사랑스러운 모범 사례라고 생각한다. 우리는 서로에게 낯선 존재들이 아니다. 우리는 붓다의 성품 안에서 하나로 결합되어 있다. 깨달은 사람으로 되고 싶은 간절한 열망이 우리 모두 안에 있다. 그 열망이 겉으로 표출되도록 스스로 허용한다면, 그것이 우리—그리고 다른 많은 사람들—에게 커다란 행복을 가져다줄 것이다.

내가 베트남에서 젊은 승려 생활을 할 때, 마을의 절마다 유럽의 그리스도교 성당에 있는 종鐘과 비슷한 큰 종이 있었다. 그 종이 울릴 때면 온 마을 사람이 하던 일을 멈추고 잠시 마음 챙겨 숨을 들이쉬고 내쉬었다. 프랑스의 우리 공동체 자두마을에서도 똑같이 한다. 우리가 울리는 종소리든 마을 성당에서 울리는 종소리든 종소리가 들릴 때마다 우리는 자기한테로 돌아가 호흡을 즐긴다. 숨을 들이쉴 때 우리는 가만히 말한다. "들어라, 들어라."

그리고 숨을 내쉴 때 말한다. "저 놀라운 소리가 나를 참 고향으로 돌아가게 하는구나."

우리의 참 고향집은 지금 이 순간이다. 지금 이 순간을 사는 것이 바로 기적이다. 기적은 물 위를 걷는 게 아니다. 현재 순간 녹색 땅 위를 걸으며 바로 지금 여기에 있는 평화와 아름다움을 감상하는 것이 기적이다. 평화는 우리 주변 모든 곳에, 이 세상과 자연 안에, 그리고 우리 안에, 우리 몸과 마음 안에 있다. 그 평화에 접속하는 법을 습득하면 우리가 치유되고 변화될 것이다. 그것은 신앙의 문제가 아니다. 수련의 문제다. 우리에게 필요한 것은 우리 안팎에 있는 신선하게 하고 치유해 주는 놀라운 것들에 접할 수 있도록 몸과 마음을 지금 이 순간으로 데려오는 것이 전부다.

자두마을에서는 형제자매들이 자기 컴퓨터에 마음챙김 종소리를 입력해 둔다. 매시간 15분마다 종이 울리면 하던 일과 생각을 멈추고 들숨과 날숨으로, 자기 몸으로 돌아간다. 자기가 살아 있음을 느낀다. 최소 세 번 마음 챙겨 숨 쉬고 일을 계속하기 전에 미소 짓는다.

일상생활에서 우리는 자주 네 몸으로 돌아와 네 몸을 돌보라고 자신에게 일러주어야 한다. 많은 사람이 자기 몸한테 친절을 베풀지 않는다. 지나친 일로 자기 몸을 혹사하고 자기 몸을 잊어버린다. 컴퓨터로 일하는 두 시간 동안 자기한테 몸이 있다는 사실을 까맣게 잊는다. 우리 몸은 외롭고 긴장하고 그래서 늘 아프다. 당신 마음이 당신 몸과 함께 있지 않을 때 당신은 실제로 살아 있는 게 아니다. 우리 마음이 우리 몸과 함께 있을 때에만 우리는 참으로 살아 있는 거다. 그래서 우리가 종소리를 들을 때, 네 몸으로 돌아가서 몸이 거기 있음을 알고 네 몸을 돌봐주라고 그 소리가 우리를 일깨워 준다. 우리는 호흡을 즐기면서 마음을 몸으로 데려오고 돌연 지금 여기에 온전히 현존한다. 몸의 긴장을 풀고 그리고 웃는다. 이것이 알아차림의 몸짓이고 사랑의 몸짓이다.

우리 몸은 그대로 생명의 경이로움이다, 우리 주변의 모든 것—보슬비, 신선한 공기, 아름다운 꽃—이 생명의 경이로움이듯이. 우리 모두 저마다 인류의 정원에 핀 한 송이 꽃이다. 우리는 우리 몸을 잘 돌봐서, 우리를 집으로 데려가는 즐거운 장소로 되게 해야 한다.

수년 전, 뉴욕시에서 택시를 탄 적이 있었다. 그런데 그 기사가 매우 불행한 사람이었다. 그에게서 평화나 기쁨을 조금도 볼 수 없었다. 그는 일을 하는 동안 참자기로 존재하지 못했고 그것이 그의 운전 방식에 그대로 반영되었다. 많은 사람이 그러고들 있다. 일을 급히 서두르지만 자기가 지금 하는 일과 하나 되지 못하고 그래서 평화롭지 않다. 몸은 여기 있는데 마음은 다른 데 있다. 과거나 미래로 가 있든지 아니면 분노, 좌절, 희망 또는 꿈에 사로잡혀 있다.

우리는 진짜로 살지 않는다. 옹글게 현존하지 않는다. 마치 유령 같다. 예쁜 아이가 다가와서 웃어 줄 때 그 놀라운 선물을 받을 수 있도록 지금 여기에 깨어 있는가? 아니면 생명과 서로를 만날 그 값진 기회를 잃고 마는가? 그렇다면 정말 가련한 일이다.

고대 유럽의 영혼

자두마을에서 우리는 정오에 주변 마을 성당들의 종소리가 울리면 숲으로 난 길을 따라 걷기 명상을 자주 한다. 나는 언제나 일행과 함께 걸음을 멈추고 골짜기를 울리며 건너오는 종소리에 귀를 기울인다.

종은 언제 어디서나 종이다. 그것을 울리는 데가 천주교든 개신교든 정교회든 아니면 불교든 상관없이 종은 그냥 종이다. 종소리에 귀 기울이는 것은 듣기 명상을 할 때마다 우리에게 평화, 안정, 자유를 가져다주는 아주 깊고 즐거운 수련법이다.

옛날 유럽에서는 교회당 종소리가 울릴 때마다 사람들이 하던 일을 멈추고 기도를 드렸다. 나는 미래 세대들이 유럽과 아메리카의 경계를 넘어 이 종을 보존하고 그래서 다시 한 번 종소리가 울릴 때마다 사람들이 하던 일을 멈추고 종소리를 들으며 미소 짓기를 희망한다.

내가 처음으로 성당 종소리에 깊이 감동한 것은 프라하 구도시를 방문했을 때다. 1992년 봄, 우리는 모스코바와 레닌그라드를 방문했다. 동유럽 여러 나라들로 가기 전에 마음챙김 수련 모임을 러시아에서 수차례 가졌고 프라하에서도 한 차례 가졌다. 며칠 동안 계속된 힘든 일정을 마무리하고 하루 날을 잡아 우리는 그 위대한 도시를 관광하였다. 어느 좁고 무척 아름다운 골목에서 아담하고 작은 예배당 앞에 놓인 우편엽서들을 구경하고 있었다.

바로 그때 갑자기 예배당 종이 울렸다. 왜 그랬는지 이유를 지금도 모르겠는데, 특별한 그 순간의 종소리가 내 깊은 속을 건드렸다. 전에도 나는 프랑스, 스위스 그리고 다른 여러 나라들에서 수많은 종소리를 들었지만 그날 그 종소리는 처음 들어 보는 것이었다. 그 소리에서 고대 유럽의 영혼을 듣고 있는 느낌이었다. 나는 꽤 오랜 세월 유럽에 살았고 많은 것들을 보고 들었다. 하지만 그날의 예배당 종소리는 나를 유럽의 영혼에 결합시켰다.

프라하 예배당 종소리의 깊은 배경에서 나는 내 무의식에 잠재되어 있는 불교 사원의 종소리를 들을 수 있었다. 그것은 한 문명과 다른 문명의 만남 같은 것이었다. 하나에 깊이 접속될 때 당신은 다른 하나에도 깊이 접속될 기회를 가진다. 그러므로 당신들 가운데 그리스도인이나 유대교인이 있다면 그 사람은 자기 전통의 뿌리로 깊이 내려가야 한다. 당신이 속한 전통에 깊이 들어갈수록 그만큼 불교를 더 잘 이해하게 될 것이다. 내 경우가 그랬다. 그리스도교와 유대교에 더 깊이 접할수록 나는 불교를 더 잘 이해할 수 있었다.

모든 좋은 것이 익으려면 시간이 필요하다. 충분한 조건이 구비되면 우리 안에 오래 잠재되어 있던 것이 드러날 수 있다. 처음 유럽에 왔을 때 나는 베트남에서 살생을 끝장내는 일에 온통 몰입해 있었다. 여러 곳을 다니며 많은 사람들을 만나고 수시로 기자회견을 가졌다. 너무나 바빠서 유럽의 영혼을 진실히 만날 충분한 시간이 없었다. 프라하는 2차 세계대전으로 파괴되지 않았고 그래서 옛 모습을 그대로 간직한 아름다운 도시였다. 어쩌면 그래서 그 예배당 종소리가 나를 그토록 흔들었던 건지 모르겠다.

당신이 한 영적 전통에서 수행을 착실히 하면 다른 전통들을 이해하는 데 도움이 될 수 있다. 그것은 뿌리 있는 나무와 같다. 나무를 다른 데로 옮겨 심으면 새 토양, 새 환경에서 자양분을 빨아들일 수 있다. 프라하에서 우리는 아주 조용히 서서 종소리에 귀를 기울였다.

당신이 종소리를 들을 때 처음에는 아무런 느낌이 없을 수 있다. 종소리가 당신한테 별로 주는 게 없다고 생각할 수도 있다. 그러나 어떤 종도 당신에게 말할 수 있다. 모든 종소리는 하나의 초청장이다.

장터의 꿈

영국에서 학생들을 가르치던 시절, 어느 해 가을에 꿈을 꾸었다. 그 꿈이 오래도록 남아 있었다. 동생과 함께 장터에 서 있는데 웬 남자가 오더니 우리를 장터 한구석 마구간으로 데려갔다. 그곳에 이르렀을 때 나는 거기 진열되어 있는 것들이 나와 동생과 다른 가까운 사람들이 살면서 겪어 온 것들임을 직감으로 알았다. 거의 모든 것들이 고통—가난, 화재, 홍수, 굶주림, 인종 차별, 무지, 증오, 두려움, 절망, 정치적 억압, 불의, 전쟁 그리고 죽음—이었다. 그것들 하나하나를 만지고 있는 내 속에서 슬픔과 연민이 북받쳐 올랐다.

마구간 중앙에 긴 테이블이 있고 그 위에 초등학생 공책이 몇 권 놓여 있었다. 그중 하나는 내 것이고 다른 하나는 동생 것이었다. 내 공책을 펼치니 어린 시절의 행복했던 경험들과 고통스러웠던 경험들이 적혀 있었다. 동생 노트북에는 우리가 꼬맹이 때 함께 경험한 것들이 기록되어 있었다. 그 꿈을 꾸었을 무렵, 나는 내 어린 시절의 추억들을 기록하는 중이었다.

그런데 그 노트북에 들어 있는 내용들은 거기에 포함되어 있지 않았다. 어쩌면 생시에는 생각나지 않던 내용들이 꿈에 나타난 것인지 모르겠다. 혹은 내 전생前生의 경험들이었는지도 모를 일이다. 어느 쪽인지 확실하진 않지만, 그것들이 모두 내 경험들인 건 분명했고 그래서 그것들을 내 경험담에 포함시킬 생각이 들었다. 그것들을 두 번 다시 잊어버리고 싶지 않았기에 그 아이디어가 마음에 들었다.

한참 이런 생각을 하는데 우리를 마구간으로 데려간 남자가 겁나는 얘기를 들려주었다. 그가 내 곁에 서서 말했다. "너는 이 모든 것들을 다시 겪어야 한다!"

그가 엄숙하게 판정하는 재판관처럼 권위 있게 말했고 나는 고통을 선고받았다. 그 목소리가 마치 하느님 또는 운명의 신神이 말하는 것처럼 들렸다. 나는 충격을 받았다. 정말 내가 그 모든 고통을, 그러니까 폭풍, 홍수, 화재, 굶주림, 인종 차별, 무지, 증오, 절망, 두려움, 슬픔, 정치적 억압, 전쟁 그리고 죽음을 다시 겪어야 한단 말인가? 나는 내 동생과 가까운 사람들과 함께 과거의 헤아릴 수 없이 많은 생生에서 그 모든 것들을 이미 겪었다고 생각했다. 너무나 오래도록 우리는 터널 끝에서 빛을 볼 수 없었고 이제 겨우 공간과 자유가 숨 쉬는 장소에 도달한 것 같은데, 그런데 정녕 그 모든 경험들을 또다시 겪어야 한단 말인가?

처음에는 강한 반발심이 일면서, '아니, 아니야!'라고 생각했다. 하지만 다음 순간 내 반응이 달라졌다. 나는 오른손 손가락 두 개를 내밀어 그 남자를 똑바로 가리키며 단호한 결의로 말했다. "너는 나를 겁줄 수 없다. 내가 이 모든 일을 다시 겪어야 한다면, 좋다, 그러겠다! 필요하다면 한 번 아니라 수천 번이라도 하겠다. 우리 모두가 그럴 것이다!"

그 순간 꿈에서 깨어났다. 처음에는 꿈의 내용이 잘 기억나지 않았다. 그냥 매우 강렬하고 중요한 꿈을 꾸었다는 것만 알았다. 나는 자리에 누워 호흡 명상을 시작했고 그러자 서서히 꿈의 내용들이 돌아왔다. 그 남자가 무엇인가를 대신하는 존재였고 내가 들어야 할 말을 들려주었다는 느낌이 들었다. 처음에는 내가 죽을 때가 되었고 그래서 내 몫의 또 다른 여정으로 들어가는 모양이라고 생각했다. 그래도 나는 고요했다. 죽는 건 문제가 아니었다. 겁나지도 않았다. 나에게 필요한 일은 지난 삼십 년 동안 가까운 동지로 지내온 찬 콩 자매한테 말해서 그녀가 준비를 하게 하는 것이라는 생각이 들었다. 하지만 내가 아직은 죽지 않는다는 걸 금방 깨달았다.

나는 시계를 보았다. 새벽 3시 30분. 지금도 커다란 고통 속에 있는 베트남, 캄보디아, 소말리아, 유고슬라비아, 남아메리카의 아이들이 생각났다. 그들 모두와의 강한 연대감이 느껴졌다. 아울러 그들과 함께 이 모든 시련을 다시 또다시 겪을 준비가 되어 있음도 느껴졌다.

당신들, 내 형제요 자매들인 당신들도 모두 내 동지들이다. 당신들은 태어남과 죽음의 바다에서 익사하지 않고 태어남과 죽음의 파도를 타는 진정한 보살들이다. 우리는 헤아릴 수 없는 고통과 끝없는 슬픔과 죽음의 터널을 통과했다. 하지만 우리는 수행 생활을 했고 그 수행을 통해서 나름대로 깨달음과 자유를 얻었다. 지금은 모두가 손을 잡고 힘을 모아 우리 앞에 놓인 도전들을 감당할 시간이다. 이번에는 좀 더 잘할 수 있으리라고 나는 확신한다.

붓다의 발자취

1968년, 불교 평화사절단을 창설하기 위해서 파리로 가는 길에 붓다가 깨달음을 얻었다는 장소를 방문할 목적으로 잠시 인도에 들렀다. 뉴델리에서 비행기를 타고 갠지스강 북쪽 파트나로 날아갔다. 파트나에서 붓다가 깨달음을 얻은 보드가야까지 가는 비행기로 갈아탔다. 비행기가 갠지스강을 따라 붓다의 발자취를 추적하였다.

붓다는 자동차, 비행기, 열차로 여행하지 않았다. 그냥 걸었다. 그렇게 여러 도시들을 걸었다. 한 번은 멀리 델리까지도 걸었다. 두 발로 열다섯 왕국 이상을 방문했다. 그 사실을 알고 있기에 나는 비행기에서 갠지스를 내려다보며 모든 곳에서 그의 발자취를 볼 수 있었다. 붓다의 발자취들은 쉬지 않고 그의 몸, 자유, 평화, 기쁨 그리고 행복을 모든 곳에 실어 날랐다.

땅과 함께 그리고 지구별의 그 지역에 사는 사람들과 함께 자신의 행복, 깨달음, 평화, 기쁨을 나누며 걸었던 붓다의 고장을 멀리 바라보는 십오 분이 참으로 근사했다. 비행기에 앉아서 내려다보며 지금 여기에 현존하는 붓다를 느끼고, 나는 눈물이 나려고 했다. 붓다의 발걸음을 세계의 다른 지역에도 옮겨 놓기 위해서 걷기 명상을 하리라고 맹세했다. 우리는 유럽에서, 아메리카에서, 호주에서, 아프리카에서 걸을 수 있다. 또 우리는 붓다와 함께 평화, 기쁨, 자유를 세계 곳곳에 쉬지 않고 옮길 수 있다.

나는 세계 각처를 두루 다녔다. 아주 많은 사람들과 걷기 명상을 나누었다. 지금도 그렇게 걷고 있는 많은 벗들이 다섯 대륙에 걸쳐 있다. 그러니 이제 붓다는 갠지스강 유역에만 있는 게 아니라 세계 도처에 있는 것이다.

인도에 머물렀던 그때 나는 수리봉에 오를 기회가 있었다. 붓다는 빔비사라 왕이 다스리던 마가다 왕국 수도 라자그리하 부근에 자주 머무르셨다.

한 무리의 벗들—남녀 스님들과 평신도들—이 나와 함께 수리봉을 올랐다. 우리 가운데 이름이 마하고사난다인 스님이 있었다. 아직 젊은 나이였다. 뒤에 캄보디아의 큰스님이 되었다. 우리는 수리봉을 마음 챙겨 천천히 올랐다. 정상에 올라 붓다가 앉으셨던 장소에 둘러앉아 붓다가 보셨을 아름다운 일몰을 바라볼 수 있었다. 우리는 앉아서 호흡명상을 하며 지는 해의 아름다움을 묵상하였다. 그렇게 붓다의 눈을 빌려 황홀한 일몰을 감상하며 즐겼다.

빔비사라 왕이 산기슭에서 정상까지 길에 돌을 깔아 붓다가 편히 오르내리게 하였다. 그 돌길이 아직 남아 있다. 당신도 거기 가면 돌길을 밟고 산을 오르며 바로 그 돌을 밟고 걸어가는 붓다의 모습을 그려 볼 수 있을 것이다.

2분간의 평화

1997년 인도에 있을 때 당시 인도 부통령이자 국회의장인 K. R. 나라야난 씨를 만날 기회가 있었다. 우리의 대화가 이루어진 것은 국회에 예산안이 상정되는 첫날이자 새로 임명된 정부 각료 셋이 업무에 착수하기 직전이었다. 나는 바쁜 일정에 나를 만나주어서 고맙다고 했다. 바쁘거나 바쁘지 않거나 영적 인물을 만나는 일은 언제나 자기에게 중요하다는 것이 그의 답변이었다. 우리는 함께 앉아서 어떻게 하면 국회의원들이 마음챙김 수련으로 상대의 말을 깊이 듣고 다정한 말투로 토론할 수 있을지에 대한 이야기를 나누었다.

나는 모든 회의를 마음 챙겨 숨 쉬는 것으로 시작하면 좋겠다고 말해 주었다. 모든 사람 마음에 깨우침을 주기 위하여 몇 줄의 글을 읽는 것도 가능한 방법이다. 이를테면, "동료의원 여러분, 우리를 뽑아준 유권자들은 우리가 친절하고 상대를 존중하는 말을 하고 서로 자기 생각을 말하기 전에 상대의 말을 신중히 듣고, 그래서 나라와 국민들에게 유익한 결정이 내려지기를 기대하고 있습니다."라는 글을 함께 읽는 것이다.

이런 글을 읽는 데 1분도 걸리지 않을 것이다. 나는 그에게, 토론의 열기가 지나치게 뜨겁거나 의원들이 서로 비방, 비난하기 시작하면 누구든지 벨을 울리고 모두에게 토론을 중단하고 1, 2분쯤 침묵할 것을 요구할 권리를 주면 어떻겠냐고 말했다. 그 짧은 순간에 모두가 마음 챙겨 숨 쉬며 자기를 진정시키자는 것이다.

우리가 "2분간 침묵합시다."라고 말하면 대부분의 사람들은 그 시간에 무엇을 할지 모른다. 하지만 마음챙김 수련을 하는 우리는 정확하게 알고 있다. 우리는 숨 쉬는 법, 숨에 마음 모으는 법, 그리고 몸과 마음을 진정시켜 그 속에서 자비가 솟아나게 하는 법을 안다. 잠시 침묵하는 데는 아무런 경비도 들지 않는다. 예산도 필요 없다. 한 순간의 침묵이 평화, 이해 그리고 깨달음을 회복시켜 준다. 누구나 할 수 있다. 불교 신자가 될 필요도 없다.

나라야난 씨는 내 말을 신중히 듣고, 언제 한번 인도 국회에서 그에 관한 연설을 해달라고 부탁했다. 열흘 뒤, 마드라스에서 수련 모임을 인도하고 있는데 누군가 신문을 보여주었다. 거기에는 인도 국회가 윤리위원회를 설치하고 의원들 상호간 대화의 질을 향상시키는 임무를 맡기로 했다는 기사가 실려 있었다.

이와 같은 비폭력 수련은 어느 나라 어느 곳에서도 가능한 것이다. 정부 안의 긴장과 갈등을 감소시킬 필요가 절실한 때이다. 우리는 속수무책이 아니다. 우리는 최선을 다해야 하고 우리 속에서 벌어지는 전쟁을 멈추어야 한다. 이것이 평화 수련이고 우리가 언제든지 할 수 있는 것이다. 우리 안에서 평화를 수련하지 않으면, 우리 안에서 그리고 우리를 에워싼 세상에서, 전쟁은 끝없이 계속될 것이다.

자비의 물방울

2001년 9월 11일, 나는 캘리포니아에 있었다. 우리는 그곳에서 뉴욕 쌍둥이 빌딩이 무너졌다는 뉴스를 들었다. 주변을 에워싼 분노와 두려움의 에너지가 엄청났다. 그렇게 격한 분노와 두려움의 에너지가 온 나라를 감쌀 때는 파괴적인 행동이 어렵지 않게 나오고, 그런 순간에 전쟁을 일으키기가 쉽다. 그럴수록 우리는 무엇을 하고 무엇을 하지 말 것인지를 알기 위하여, 상황을 더 악화시키지 않기 위하여, 마음의 평정을 유지해야 한다.

사흘 뒤 나는 버클리에서 4천 명쯤 되는 군중들에게 강연을 했다. 남녀 승려들 팔십 명으로 구성된 우리 사절단이 황색 가사를 어깨에 두르고 강연장에 들어섰다. 격앙된 분위기가 선명하게 느껴졌다. 거국적인 감정이었다. 우리는 집단의 분노, 두려움, 차별 에너지를 집단의 마음챙김, 자비, 형제애 에너지로 균형 잡아야 한다는 사실을 알고 있었다. 고요와 평화로 두려움을 상쇄하는 것이 매우 중요하다.

우리는 몸과 마음을 진정시키는 명상 수련으로 강연회를 시작했다. 모든 사람이 심신을 안정시키고 거기 있는 두려움을 껴안아 줄 수 있도록 안내명상을 하고 노래도 불렀다. 나는 우리가 수행으로 얻은 가장 좋은 꽃과 열매인 맑고 명료함, 유대감, 형제애, 이해 그리고 자비를 온 인류에게 전달코자 하는 간절한 마음으로 치유와 평화의 기도를 바쳤다. 사람들에게 증오를 증오로 갚으면 수천 배의 증오를 유발하고 오직 자비만이 증오와 분노를 바꿀 수 있다는 사실을 상기시켰다. 나는 그들에게 각자 집으로 돌아가서 호흡 명상과 걷기 명상을 하라고, 그래서 격한 감정을 고요히 가라앉혀 속에서 맑고 명료함이 차오르게 하라고 권하였다. 상대를 이해할 때만 우리 안에 자비심이 생겨난다. 우리 머리와 가슴에서 자비의 물방울이 떨어질 때, 그때 우리는 상황에 구체적인 반응을 할 수 있다.

우리의 개인의식은 집단의식을 반영한다. 우리는 이 사회와 세계의 증오와 폭력의 뿌리를 깊게 들여다보며 우리의 분노를 가라앉히는 수련을 지금 당장 할 수 있다. 아직 듣거나 이해 못한 것을 듣고 이해하기 위하여 자비심으로 귀 기울여 듣기 수련을 할 수 있다. 깊이 귀 기울여 듣고 볼 때 우리는 모든 나라들 사이에서 형제애 에너지를 불러일으키게 된다. 이것이 모든 종교와 문화전통의 가장 깊은 영적 유산이다. 이렇게 하여 전 세계에서 평화와 이해가 날로 자라는 것이다. 우리 가슴 속에 자비의 샘물이 흐르게 하는 것이 증오와 폭력에 대처하는 유일하게 효과적인 방법이다.

인도에서의 몇 시간

2008년에 나는 〈타임스 오브 인디아〉의 하루 객원 편집자로 초청받아 인도를 방문하였다. 그날은 마하트마 간디 기념일이었고, 신문사측에서 평화를 주제로 한 특집기사를 제작하는 데 불교 승려를 초대하면 좋겠다고 생각했던 것이다. 나는 초청을 받아들였고 여러 수도승 형제자매들과 동행하였다. 아침 시간 뉴스 룸에 도착하자마자 좋지 못한 소식이 들려왔다. 한 테러리스트가 뭄바이에 폭탄을 터뜨려 수많은 사람이 죽었다는 것이었다. 분위기가 잔뜩 긴장되었고 나는 편집회의에 동참할 것을 요청받았다. 우리 모두가 말없이 커다란 테이블에 둘러앉아 있던 일이 기억난다.

편집자들 가운데 하나가 고개를 들고 말했다.

"하필 오늘 같은 날 저런 끔찍한 뉴스를 들었는데 우리는 뭘 해야 할까요?"

대답하기 힘든 질문이었다. 내가 잠시 마음 챙겨 호흡을 가다듬고 나서 말했다.

"여러분, 우리는 그것을 보도해야 합니다. 하지만 분노와 절망을 부추기는 방식이 아니라, 이해와 자비를 불러일으키는 방식으로 보도해야 합니다. 그건 여러분과 여러분이 사건을 보도하는 방식에 달려 있지요."

그런 비극적인 사건이 발생할 때 우리는 깊이 들여다보며 우리 자신에게 물어야 한다. "무엇이 테러리스트들로 하여금 그런 짓을 하게 만드는가? 어떤 생각과 인식이 그들 속에 축적되어 있어서 자국민을 대상으로 저토록 끔찍한 짓을 저지르게 한 것인가?"

그들 속에 많은 분노와 증오 그리고 잘못된 인식이 있음은 분명한 사실이다. 자기네가 억울한 대접을 받고 제대로 이해받지 못했다고 느낄 수 있다. 자기가 정의의 이름 또는 하느님의 이름으로 그렇게 행동한다고 생각할 수도 있다. 우리는 폭력행위와 그 뒤의 동기들을 이해하기 위해서 깊이 들여다보아야 한다. 그렇게 하여 어떤 통찰을 얻었을 때 우리가 보도하는 뉴스에서 우리의 이해와 자비가 구현될 것이다.

보도 방식에는 여러 가지가 있다. 우리가 신문, 라디오, 텔레비전, 인터넷으로 접하는 많은 뉴스들이 폭력, 두려움, 증오, 차별의식 그리고 절망을 속에 담고 있다. 사실 많은 뉴스들이 독毒이라고 말할 수 있다. 우리 가슴(느낌)과 머리(생각)에 독을 주입한다. 언론인으로서 우리는 물론 사건을 진실하게 보도해야 한다. 하지만 동시에 독자와 청취자들 속에 있는 이해와 자비의 씨에 물을 주어야 한다. 또한 우리는 독자와 청취자로서 뉴스를 접할 때 자신의 생각과 느낌과 인식에 깨어 있어서 우리 자신을 보호해야 한다. 얼마나 많이 알리는 것이 충분한지도 알 필요가 있다. 우리 가슴과 머리의 주권을 지키고 우리 속의 좋지 않은 씨에 물 주는 것을 막는 데 마음챙김이 도움을 줄 수 있다.

우리가 서로 소통하고 말하고 듣는 방식이 매우 중요하다. 우리 모두 우리 속에 그리고 우리의 인간관계 속에 있는 폭력, 증오, 차별의식, 절망의 씨에 물을 주지 않겠다고 서약할 수 있다. 마찬가지로 우리 자신과 우리 사회 속에 있는 이해, 관용, 차별하지 않음의 씨에 열심히 물을 주겠다고 서약할 수 있다.

편안하게 버스 타기

하루는 나를 인도에 초청하는 일을 주선한 친구와 인도에서 버스를 탔다. 그 친구는 수천 년 세월 심한 차별대우를 받아 온 계급에 속해 있었다. 나는 창밖의 풍경을 즐기다가 잔뜩 긴장한 그를 보았다. 내가 과연 즐거운 시간을 보내는지 그가 걱정한다는 사실을 알았다. 그래서 말했다.

"안심하시오. 이곳 방문을 내가 맘껏 즐기고 있으니까. 모든 일이 아주 잘 돌아가고 있습니다."

정말 그가 염려할 것이 없었다. 그가 등을 기대며 웃었다. 하지만 몇 초 뒤 다시 긴장했다. 그에게서 나는 한 인간으로서의 그와 그가 속한 계급 안에서 4, 5천 년 세월 이어져 온 갈등을 보았다. 지금도 그는 나의 방문 일정을 조율하면서 여전히 그 갈등을 품고 있었다. 아주 잠깐 긴장을 풀 수 있었지만 다시 긴장 속으로 들어갔다.

우리 모두 몸과 마음속에 이런 갈등의 성향이 숨어 있다. 우리는 행복이 미래에만 가능하다고 믿는다. 현재 순간에 "내가 이르렀다"는 사실을 깨치는 것, 지금 이 순간을 행복하게 머무르는 것이 그토록 중요한 이유가 여기에 있다. 우리가 이미 도달했고, 더 나아갈 필요가 없고, 벌써 집에 와 있다는 진실에 대한 깨달음이 우리에게 평화와 기쁨을 안겨 줄 수 있다. 우리는 행복할 조건들을 이미 충분히 갖추었다. 지금 이 순간에 온전히 도달하기를 스스로 허용하기만 하면, 그러면 평화와 기쁨을 맛볼 수 있다.

버스를 타는 동안 내 친구는 현재 순간에 평화로이 머물도록 자기를 허용할 수 없었다. 나는 충분히 편안한데, 그는 어떻게 하면 나를 편안하게 할 것인지 계속 걱정했다. 그래서 당신을 있는 그대로 놔두라고 말해 주었지만 그에게는 그것이 쉽지 않았다. 너무나 오랜 세월 걱정하는 버릇 에너지에 휘둘려 왔기 때문이다. 버스에서 내린 뒤에도 그는 자기 자신을 즐기지 못했다.

나의 인도 방문 일정은 차질 없이 진행되었고 그가 기획한 모든 일이 완벽하게 이루어졌다. 하지만 나는 그가 지금도 여전히 불안한 상태에 있는 것 아닌가 싶어 두렵다. 우리 모두 이전 세대들과 우리가 속한 사회의 영향을 받으며 살아간다. 하던 일을 멈추고 깊이 들여다보는 수련을 하는 것은 우리 속에 있는 좋지 못한 씨앗들로 말미암아 형성된 버릇 에너지(악업)의 작용을 멈추기 위해서다. 그것을 멈출 때 우리는 선조들을 위해서 그렇게 하는 것이고, '삼사라'라 부르는 악순환의 고리를 끊어 버리는 것이다.

우리 안에 있는 선조들과 후손들을 해방시키면서 그렇게 살아야 한다. 기쁨, 평화, 자유, 조화는 한 개인의 것들이 아니다. 우리 선조들을 해방시키지 않으면 자기 자신의 삶을 속박할 것이고 자기의 좋지 못한 버릇 에너지를 후손들에게 물려줄 것이다. 지금이야말로 우리 자신과 그들을 해방시킬 때다. 그것은 같은 해방이다. 이것이 '서로 안에 있음'의 가르침이다. 우리 안에 있는 선조들이 계속 고통을 당하는 한, 우리는 평안할 수 없다. 우리가 한순간이라도 마음을 챙겨 행복하게 자유롭게 이 땅을 접하는 것은 우리 선조들과 후손들을 위해서 그러는 것이다. 그들 모두가 우리와 함께 같은 순간에 도달하고, 그들 모두가 우리와 함께 같은 시간에 평화와 행복을 찾는 것이다.

올리브나무들

어느 해 이탈리아로 안거하러 갔다가 작은 무리를 이루어 자라는 올리브나무들을 보았다. 이상해서 물어보았다. "왜 올리브나무들을 무더기로 심었습니까?"

이탈리아 친구가, 서너 그루 무더기로 보이지만 실은 한 그루 나무가 그렇게 자라는 것이라고 설명해 주었다. 몇 년 전에 날씨가 너무 추워서 올리브나무들이 모두 얼어 죽었다. 하지만 깊은 뿌리는 여전히 살아 있었다. 혹독한 겨울이 지나고 봄이 되자 어린싹들이 돋아나는데, 한 줄기가 아니라 서너 줄기가 함께 돋았다. 지면 위로 보면 서너 그루지만 실은 한 그루의 올리브나무였던 것이다.

당신들이 같은 부모의 자식들이라면, 당신들은 한 나무의 여러 줄기들이다. 당신들한테 있는 것은 같은 뿌리, 같은 아버지와 어머니다. 그 서너 그루의 올리브나무들 또한 같은 뿌리를 가지고 있다. 서로 다른 나무들처럼 보이지만 한 그루 나무다. 그 가운데 하나가 다른 하나를 차별한다면, 그래서 싸우고 죽인다면 이상한 일이 아닐 수 없다. 그야말로 완벽한 무지無知다. 깊이 들여다보면 자기들이 한 형제자매요 진실로 하나임을 알 것이다.

자유로이 걷기

2010년 이탈리아 로마 중심부에서 우리가 주도한 아름다운 걷기 명상을 기억한다. 천오백 명가량의 사람들이 모였고 열두세 명쯤 되는 아이들이 손에 손을 잡고 나와 나란히 앞장섰다. 우리를 위해 도시의 거리들이 차단되었고 이십 미터쯤 앞에서 몸집 큰 경찰관 여덟이 함께 걸었다. 다른 때와 좀 다른 것은 그들이 편안하고 자유롭게 친절한 웃음으로 행진을 유도하며 멈추고 걷기를 반복한다는 점이었다. 그들 여덟 경찰관들도 우리와 함께 걷기 명상을 하는 것 같았다, 마치 그들과 다른 사람들이 하나인 것처럼.

어쩌면 수도 한복판 거리가 그토록 자유로웠던 적이 한 번도 없었을 것이다. 우리는 발걸음마다로 자유의 발자국을 남겨 놓았다. 어떤 스트레스도 없었고, 도시 중심부가 걷는 즐거움을 위한 일단 멈춤으로 되었다. 여덟 경찰관 앞에서 경찰차 한 대가 걷기 명상과 같은 속도로 천천히 굴러갔다. 길을 따라 걷는 사람들, 길가에 서 있는 사람들, 빌딩에서 내려다보는 사람들 모두가 우리의 자유를 목격하고 있었다. 많은 사람이 군집했지만 그들의 걷기 명상은 시위행진 비슷한 것이 아니었다. 깃발도 없고, 호루라기도 없고, 북도 플래카드도 함성도 없었다. 누구도 다른 누구에게 무엇을 강요하지 않았다. 갈등이나 저항의 에너지는 찾아볼 수 없었고 어떤 명령도 없었다. 모두가 완벽한 침묵 속에서 웃음 짓고 있었다. 모든 사람이 자기 호흡을 따르며 발걸음을 즐겼다. 평화와 기쁨, 형제애와 자매애가 모두 볼 수 있도록 거기 피어나고 있었다.

우리는 걷기 명상을 산마르코 광장에서 시작했는데 출발하기 전에 내가 걷기 명상을 안내하는 짧은 연설을 했다. 15분 만에 수천 명이 모였다. 우리는 고색이 깃든 시가지를 따라 침묵 속에서 마음을 챙기며 평화롭게 걸었다. 이윽고 나보나 광장에 이르러 앉기 명상에 들어갔다. 우리가 광장에 들어설 때 몇 사람이 색소폰을 불고 있었는데 우리를 보자마자 연주를 멈추었다. 전체 광장이 고요한 명상 홀로 바뀌었다. 아름다운 햇살이 눈부신 한낮이었다. 나는 그곳 이탈리아 수도의 심장에서 사람들에게 그들의 참 본성으로, 그들의 조상들에게로, 부모들에게로 그리고 생명과 무아無我 속으로 들어가는 길을 안내하였다. 너무나 아름답고 생기를 주고 모든 사람을 치유하는 시간이었다.

우리는 여러 나라들에서 걷기 명상과 앉기 명상을 실천하였고 세계 각국의 주요 도시들에 평화의 발자국을 남겼다. 파리, 뉴욕, 로스앤젤레스에서 평화 행진을 하였다. 2008년에는 1천 군중이 하노이의 유명한 호안 키엠 호수에서 둑길을 따라 걷기 명상을 했고, 2012년에는 런던 트라팔가르 광장에서 4천 명이 평화롭게 앉기 명상을 했다. 명상 속에서 걸을 때마다 우리는 자비, 용서 그리고 평화의 강한 집단 에너지를 낳는다.

나는 이르렀다

강의실의 꿈

이십오 년 전 어느 날 밤, 꿈을 꾸었는데 내가 대학생이었다. 그때 나이 벌써 육십을 넘겼지만 꿈에는 겨우 스물한 살이었다. 꿈에 나는 대학교에서 가장 사랑받는 훌륭한 교수의 강의를 들을 수 있게 되었다는 말을 들었다. 굉장히 인기 있는 과목이었고 그래서 들어가기가 몹시 어려운 강의실이었다.

나는 너무 좋아하며 강의실이 어디인지 알아보려고 교무처로 곧장 갔다. 많은 학생들이 몰려가는데 갑자기 꼭 나처럼 생긴 젊은 이가 눈에 들어왔다. 그 얼굴에 옷 색깔에 모든 것이 정확하게 나로 보였다. 나는 무척 놀랐다. 그가 나였던가? 나 아닌 누구였던가? 내 바깥에 있는 다른 나였던가? 그는 자기 길을 찾느라 애를 쓰고 있었다. 너무나 이상해서 교무처 여직원에게 저 젊은이도 나와 같은 강의에 들어가느냐고 물어보았다. 그녀가 말했다.

"아니, 아닙니다. 저 학생은 아니고 당신이 접수되었어요."

그날 아침 건물 맨 위층에서 강의가 시작된다고 했다. 교실을 향해 올라가다가 계단 중간쯤에서 사람들에게 물었다.

"강의 주제가 뭡니까?"

그들이 대답했다.

"음악이오."

나는 한 번도 음악을 공부한 적이 없었으므로 그토록 저명한 교수한테서 음악을 배우게 되었다는 사실이 의아했다. 사실 나는 음악에 별로 관심이 없었다. 하지만 일단 강의에 받아들여진 뒤라

뭔가 괜찮은 이유가 있을 것이라 생각하니 크게 걱정되지 않았다.

강의실에 이르러 문을 열고 안을 들여다보았다. 학생들이 이십 명이나 삼십 명쯤 있으리라 생각했는데 천 명이 더 돼 보였다. 나는 깜짝 놀랐다. 진짜 회중會衆이었다. 창밖으로 말할 수 없이 아름다운 풍경이 내다보였다. 달, 해, 별자리, 백설 덮인 산봉우리들이 보였다. 뭐라고 표현할 수 없을 만큼 아름다웠다. 거기 서서 그 굉장한 장엄에 사로잡혀 있던 때의 느낌을 뭐라고 말할 수 없다. 그 강의실에 내가 있다는 것 자체가 엄청난 영예였다.

갑자기 교수가 도착하면 내가 발표를 해야 한다는 말이 들렸다. 정말 큰일이었다. 나는 음악에 대하여 아무것도 모른다. 그런데 내가 음악에 대하여 발표를 하다니! 게다가 내가 첫 번째 발표자라니! 나는 주변을 살피며 본능처럼 주머니를 뒤졌다. 뭔가 단단한 것이 손에 잡혔다. 그것을 꺼내었다. 작은 종이었다. 나는 깨달았다. '이건 악기다. 이것으로 발표할 수 있겠다.' 여러 해 동안 종으로 수련을 해 왔기에 나는 마음의 평정을 되찾았다.

내가 말할 준비를 갖추었을 때 교수가 오셨다는 말이 들렸다. 바로 그때 잠에서 깨어났다. 2, 3분만 꿈이 계속되었어도 모두가 존경하는 교수를 볼 수 있었을 텐데, 너무 일찍 깨어난 게 아쉬웠다. 깨어난 뒤에 나는 꿈의 자세한 부분들을 기억해 내고 그것을 풀어 보려고 했다.

강의를 들을 수 없었던 그 젊은이가 나였던 것 같다. 어쩌면 이전以前의 나, 견해에 붙잡혀 있어서 아직은 마스터 클래스에 들어올 만큼 자유롭지 못한 나였을 것이다. 하지만 나는 성장했고 그를 뒤에 남겨두었다. 여전히 젊은이를 움켜잡고 있는 어떤 견해에 대한 집착에서 나를 자유롭게 해줄 수 있을 만큼의 깨달음을 얻었다.

우리 모두에게 자기가 진실이라고 믿는 견해들이 있고 우리는 그것들에 집착한다. 하지만 당신의 견해에 붙들려 있으면 앞으로 나아갈 기회를 잡지 못한다. 언제고 내 길을 가기 위하여 나 자신을 뒤에 남겨 두어야 한다는 진실을 그 꿈이 나에게 일깨워 주었다.

상추

상추를 심고서 당신은 그것이 잘 자라지 않는다고 상추를 나무라지 않는다. 그게 왜 잘 자라지 않는지 그 이유를 들여다본다. 거름이 더 필요하거나 물 또는 햇빛이 더 필요할 수 있다. 아무도 상추를 탓하지 않는다. 그러면서도 친구나 가족들과 문제가 생기면 우리는 그들을 비난한다. 하지만 우리가 그들을 보살필 줄 알면 그들도 상추처럼 잘 자랄 것이다. 비난이나 책망은 절대 긍정적인 효과를 거두지 못한다. 말이나 토론으로 설득하려는 시도도 마찬가지다. 이는 내 경험이다. 책망도, 이치를 따지는 것도, 논쟁도 아니다. 오직 이해다. 당신이 이해하면, 당신이 이해한다는 걸 보여 주면, 당신은 사랑할 수 있고, 그러면 아무리 난처한 상황도 좋아질 수 있다.

하루는 파리에서 상추를 나무라지 않는 것에 대하여 대중강연을 했다. 강연 마치고 혼자 걷기 명상을 하는데 어느 빌딩 모서리를 돌다가 여덟 살 된 아이가 엄마에게 하는 말을 들었다.

"엄마, 나한테 물 주는 거 잊지 마세요. 나는 엄마 상추예요."

그 아이가 내 말을 완벽하게 알아들었다는 사실이 무척 기뻤다. 그러자 엄마가 아이에게 말했다.

"그래, 얘야, 나도 네 상추야. 그러니 너도 나한테 물 주는 거 잊지 마라."

엄마와 아이가 함께 수행하는 모습이 너무나도 아름다워 보였다.

나의 두 손

하루는 벽에 그림을 걸고 있었다. 왼손으로 못을 잡고 오른손으로 망치를 들었다. 그날 나는 마음을 잘 챙기지 못했고, 그래서 못 대신 손가락을 망치로 쳤다. 왼손이 망치를 맞고서 아팠다. 그러자 순간적으로 오른손이 망치를 놓고는, 마치 저 자신을 돌보듯이, 부드러움과 자비로 왼손을 돌보기 시작했다. 그녀는 그것을 자신의 임무로 여기지 않았다. 너무나도 자연스러웠다. 내 오른손은 저한테 하듯이 왼손한테 한다.

　내 오른손은 왼손의 아픔을 자기 아픔으로 받아들인다. 그녀가 왼손을 돌보기 위하여 어떤 일도 마다하지 않는 건 그래서다. 내 왼손은 결코 화를 내지 않았다. 오른손한테, "오른손아, 왜 나를 때리는 거냐? 네가 나한테 잘못했다. 망치를 이리 다오. 내가 정의를 실천해야겠다."라고 말하지 않았다.

　왼손은 그렇게 생각하지 않는다. 내 왼손은 유산으로 물려받은 지혜가 있다. 분별하지 않는 '비非분별의 지혜'다. 우리에게 이런 지혜가 있으면 우리는 고통당하지 않는다. 내 왼손은 내 오른손과 싸우지 않는다. 두 손이 어울림과 이해를 함께 즐긴다. 한 손이 아플 때 두 손이 아프다. 한 손이 행복할 때 두 손이 행복하다.

나에게 베트남 친구가 하나 있다. 예술가다. 그는 근 사십 년 세월 고향을 떠나서 사는데 그동안 한 번도 어머니를 보지 못했다. 어머니가 그리울 때 그가 하는 일은 자기 손을 들여다보는 것이 전부다. 그래도 그렇게 하면 많이 나아진다.

전형적 베트남 여성인 그의 모친은 서양철학이나 학문을 공부한 적이 없고 겨우 글자 몇 개 읽을 수 있을 뿐이다. 그런데도 아들이 베트남을 떠날 때 그의 손을 잡고서 이렇게 말했다.

"얘야, 어미가 보고 싶거든 네 손을 들여다보아라. 금방 나를 보게 될 거다."

그러고 사십 년 세월이 흘렀는데 그는 늘 그렇게 했고, 수없이 자기 손을 들여다보며 살고 있다.

어머니가 그와 함께 있는 것은 육신적으로만 그런 게 아니다. 그녀의 영, 그녀의 희망, 그녀의 인생이 그 친구 안에 현존한다. 자기 손을 바라보면서 그는 시작도 끝도 없는 시간 속으로 깊이 들어간다. 헤아릴 수 없이 많은 조상들과 헤아릴 수 없이 많은 후손들이 모두 자기인 것을 본다. 까마득한 시원始原에서 현재 순간까지 그의 삶은 한 번도 중단되지 않았고, 그의 손은 시작도 끝도 없는 실재로 거기에 있다.

가끔 붓을 잡을 때면 나와 함께 원을 그리자고 어머니와 아버지와 스승님들을 모신다. 그분들과 함께 원을 그리면서 나는 무아의 깨달음에 접하고 그것은 곧장 깊은 명상 수련으로 바뀐다. 명상과 작업과 기쁨과 삶이 하나로 된다.

우리는 몸의 세포마다에서 아버지, 어머니 그리고 많은 조상들의 현존을 볼 수 있다. 명상뿐 아니라 과학도 이를 말해 준다. 우리 부모님들은 우리 바깥에만 있지 않다. 우리가 마음 챙겨 숨 쉬면서 몸과 마음을 안정시킬 때마다 우리 부모님들이 동시에 마음 챙겨 숨 쉬면서 몸과 마음을 안정시키신다. 우리가 기쁨과 자비의 느낌을 자아내면 우리 안의 부모님들이 그 기쁨과 자비를 경험하신다. 우리 부모님들이 마음챙김 수련을 하거나 그것으로 당신들의 고통을 바꿔 놓는 행운을 경험하지 못했을 수 있다. 하지만 우리는 자비의 눈으로 그들을 바라봄으로써 우리의 기쁨, 평화 그리고 용서를 그들과 더불어 나눌 수 있다.

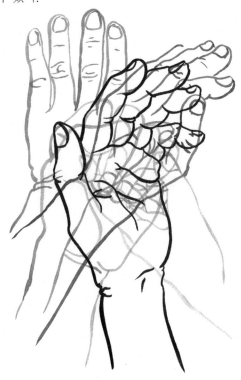

담배 좀 달라고

최근에는 재소자들이 명상에 관한 서적과 잡지, 마음챙김 수련을 위한 녹음테이프 같은 것들을 접할 수 있다. 나는 가끔 재소자들, 대개는 북아메리카의 재소자들에게서 편지를 받는다. 그중 한 사람이 이렇게 썼다. "사다리 맨 위층에 서서 아래를 내려다보면 다른 재소자들이 오르내리는 게 보이고 그들의 고통과 고민도 보입니다. 그들도 나처럼 자기 호흡에 따라서 마음챙김 사다리를 탔으면 좋겠어요. 그렇게 할 때 나는 나 자신과 평화로워지고, 나 자신과 평화로워질 때 다른 사람들의 고통을 선명하게 바라볼 수 있지요."

한 번은 내가 쓴 책 『평화로움(Being Peace)』(한국어판 『틱낫한의 평화로움』)을 두 권 받았다는 사형수 이야기를 들었다. 그가 그 책을 즐겨 읽고 자기 감방에서 앉기 명상을 시작했다. 하루는 옆방 동료가 벽을 두드리며 큰소리로 담배 좀 달라고 했다.

명상 수련을 하는 사람은 더 이상 담배를 피우지 않지만 그에게 약간의 담배가 아직 남아있었다. 그가 『평화로움』 첫 페이지를 찢어 그것으로 담배를 싸서, 옆방 친구도 『평화로움』을 읽었으면 좋겠다는 마음으로 넘겨주었다. 남은 담배가 얼마 안 되었지만 옆방 동료가 요구할 적마다 둘째 페이지 그리고 셋째 페이지를 찢었다. 그렇게 페이지를 계속 찢어서 마침내 책 한 권을 모두 그에게 건네주었다.

처음에는 벽을 두드리며 소리 지르고 욕을 퍼붓던 옆방 동료가 차츰 조용해지더니 이윽고 아주 고요해졌다. 그가 풀려나던 날, 사형수 감방 앞을 지나면서 둘이 서로 마주보았다. 두 사람이 가슴으로 알고 있는 책의 한 문장을 함께 외었다.

형벌이 범죄의 유일한 해결책이 아님은 분명한 사실이다. 법을 어긴 이들에게 우리가 할 수 있는 훨씬 효과적이고 자비로운 일들이 얼마든지 있다. 한번은 미국 조지아 주 잭슨의 대니얼이라는 사형수에게 격려의 편지를 쓸 기회가 있었다. 그는 열아홉 살에 범죄를 저질렀고 그 뒤로 십삼 년째 감옥생활을 하는 중이었다. 그가 다가오는 자기 죽음을 바라보며 내 책을 읽고 거기에서 많은 도움을 받았다고 했다.

나는 대니얼에게 손으로 쓴 짧은 편지를 보냈다. "당신 주변의 많은 사람들이 분노, 증오, 절망에 사로잡혀서 신선한 공기, 푸른 하늘, 향기로운 장미를 만나지 못하고 있지요. 그렇게 다른 종류의 감옥에 갇혀 있는 겁니다. 하지만 당신이 자비수련을 하면 주변 사람들의 고통을 볼 수 있고 그 고통을 덜어 주려고 무슨 일을 하면 그만큼 당신이 자유로워진 거예요. 자비로 보내는 하루가 자비 없이 보내는 백 일보다 값진 겁니다."

바깥에서 덜 고통 받는 우리는 안에 있는 사람들에게 도움이 될 무슨 일을 할 수 있다. 사형이라는 처벌방식은 우리의 나약함과 무능함을 보여 주는 것일 뿐이다. 무엇을 할는지 우리는 안다. 그런데 그 일을 포기한다. 한 사회가 사람들을 죽여야 할 때 절망이 울부짖는다. 우리는 정의와 자비를 화해시킬 수 있고, 참된 정의는 자비와 이해를 포함해야 한다는 사실을 실천으로 보여 줄 수 있다.

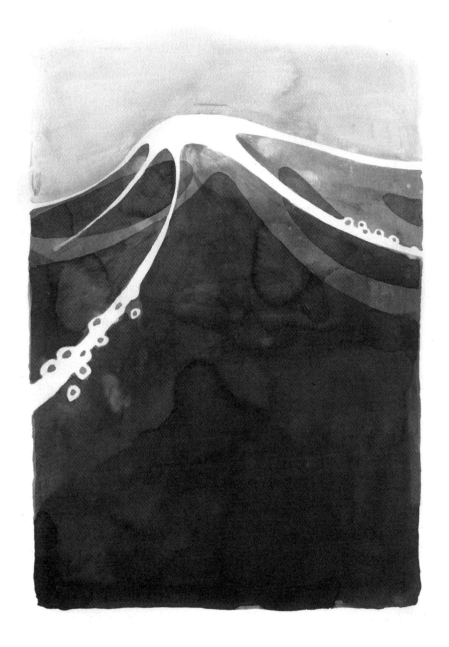

물결과 물

연구과학자인 내 친구 하나가 어느 해 겨울 심한 정신적 위기를 맞았다. 나는 그 소식을 듣고 비단결처럼 고운 물 위에 떠 있는 물결 하나를 그려 보내 주면서 그림 아래 여백에 이렇게 썼다. "언제나 그렇듯이, 물결은 물결로 살면서 동시에 물로 산다. 그대가 숨 쉴 때 우리 모두를 위해서 숨 쉬는 것이다."

이 글을 적는 동안 내가 그와 함께 헤엄치면서 그가 어려운 시기를 잘 넘길 수 있도록 도와주는 느낌이 들었다. 고맙게도 둘 모두에게 도움이 되었다.

대부분 사람들이 자기가 물결인 줄은 알면서 동시에 물이기도 하다는 사실을 잊어버린다. 태어남과 죽음의 경계에 살면서 태어남도 죽음도 없는 경계를 망각한다. 물결이 물의 생(life)을 살듯이 우리 또한 태어남도 죽음도 없는 생을 산다. 우리는 이를 알고, 자기가 태어남도 죽음도 없는 생을 살고 있다는 진실에 접속될 필요가 있다. 여기서 '안다'는 말이 매우 중요하다. 아는 것은 실현하는 것이다. 실현(realization, '깨달음'으로 옮길 수도 있음)은 마음을 챙기는 것이다. 태어남과 죽음이 어떤 방식으로도 우리를 건드릴 수 없다는 한 가지 진실에 깨어 있도록 하는 데 모든 명상 수련을 하는 목적이 있다.

구글플렉스

2013년, 나는 자기들이 구글플렉스Googleplex라고 부르는 캘리포니아 구글 본부에서 직원들 대상으로 1일 마음챙김 수련 모임을 인도한 적이 있다. 우리 사절단 일행은 30명가량의 남녀 수도승이었고 7백 명 넘는 구글 직원들이 행사에 자원해서 참여했다. 아침 일찍부터 시작하여 앉기 명상, 걷기 명상, 마음 챙겨 식사하기, 온전한 휴식까지 자두마을에서 하는 마음챙김 수련 모임의 일정과 똑같이 진행하였다.

구글 직원들은 젊고 지적이고 창의적이었다. 우리는 그들이 마음을 다하여 수련에 임하는 것을 보았다. 집중과 현존의 에너지가 대단히 강했고 수련을 아주 잘 해 나갔다. 그들이 그토록 마음 모아 수련하는 까닭이 평소에 겪는 고통 때문이라는 생각이 들었다. 그들은 고통을 조금이라도 덜어 줄 수 있는 정신적 수련에 목말라 있었다. 우리는 그들이 매우 힘들게 일한다는 걸 안다. 모든 회사들이 사업성공을 위해서 달려가며 어떻게든 '넘버원'이 되려는 욕망에 쫓기고 있다. 그래서 많은 젊은이들이 시간과 에너지를 업무와 회사에 쏟아 부으며 자신의 몸, 느낌, 감정 그리고 인간관계를 돌볼 시간을 가지지 못한다. 어쩌다가 시간이 있어도 자기 몸과 마음을 돌보기 위해서 그 시간을 어떻게 써야 할지 모른다.

나는 그들 모두에게 걷기 명상법을 일러주고 천천히 말없이 걸으며 하루를 시작했다. 그렇게 십오 분을 보낸 다음 조용히 자리에 앉아 침묵을 지켰다. 나는 사람들이 도착해서 자리에 앉아 호흡에 마음을 모으는 동안 두 손에 찻잔을 들고 차 맛을 음미했다. 그렇게 아침 고요와 정적을 즐기며 오랜 시간 평화롭게 앉아 있었다. 그러는 사이에 직원들이 출근하였고 모서리를 돌아 들어오다가 깜짝 놀라 발걸음을 멈추었다. 그들 눈에 들어온 것은 많은 사람이 자리에 앉아 아무것도 하지 않고 그냥 숨을 쉬는 이상한 장면이었다. 그렇게 고요할 수 없었다. 전혀 예상치 못한 새로운 무엇이었다. 이제 시간은 더 이상 돈이 아니다. 시간은 평화다. 시간은 삶이다.

많은 사람들이 바쁘게 일하느라고 삶을 위한 시간을 가지지 못한다. 우리의 일이 우리의 삶을 송두리째 가져가 버렸다. 저마다 일에 중독된 상태다. 이유는 돈이 필요해서가 아니라, 자기 내면의 외로움과 고통을 다룰 줄 모르고 그래서 일을 도피처로 삼기 때문이다. 우리 속에 있는 외로움, 아픔, 절망을 어떻게 할지 알 수 없는 그런 때가 있다. 그래서 그것들을 덮으려고 무언가를 찾는다. 이메일을 체크하고, 신문을 읽고, 뉴스를 듣고 내면의 외로움과 고통을 잊기 위해 뭐든지 한다. 우리 몸은 쉴 줄 모르고 마음도 쉴 줄 모르고 그리고 우리는 무엇을 할지도 모른다. 자리에 앉아 있어도 숯불 위에 앉아 있는 것 같고 산책을 해도 불 속을 걷는 것 같다.

쉴 줄 모르는 불안 에너지가 드러날 때 우리는 그것이 거기 있음을 알아차리고 이렇게 말해야 한다. "안녕? 안절부절못하는 불안아, 네가 거기 있는 걸 내가 안다. 내가 널 돌봐주마." 그러고는 마음챙김으로 숨 쉬며 우리 마음을 몸으로 데려오는 것이다. 당신의 몸과 마음이 함께 있을 때, 그때 당신은 삶에 접속되고 내면의 느낌들을 돌봐줄 수 있다. 그러면 당신의 본성이 자기 자신과 온갖 경이로움을 드러낸다.

너무 많은 일을 힘들여서 하다 보면 삶에 필요한 영양섭취와 치료받을 충분한 시간을 가질 수 없다. 쉴 줄 모르는 불안으로부터 우리 자신을 자유롭게 하려면 이런 깨달음이 있어야 한다. '지금 이 순간'의 나라에서 우리는 스스로를 치유하고 인생을 깊이 즐길 수 있다.

이 버스에 붓다가 타셨는가?

다른 불교국가들과 마찬가지로 베트남에서도 사고 나지 않게 지켜달라는 뜻에서 트럭이나 버스에 불상佛像을 모시고 다닌다.

하루는 버스를 타고 가다가 옆 수행원에게 물어보았다.

"자네 이 버스에 붓다가 타셨다고 생각하는가?"

그가 대답했다.

"예, 타셨다고 봅니다."

다시 물었다.

"정말? 확실한가?"

붓다가 차에 타셨는지 아닌지를 말하는 건 쉬운 일이다. 버스에 승객이 쉰 명인데 그중 하나라도 마음챙김으로 숨 쉬고 있다면 우리는 그 버스에 붓다가 타셨다고 말할 수 있다. 한 사람뿐 아니라 둘, 셋, 다섯이 마음 챙겨 숨 쉬고 있으면 그 차에 붓다들이 불상과 함께 타셨다고 확실히 말할 수 있다.

차를 타고 어디를 갈 때 그 차에 붓다가 타셨는지 아닌지를 알려면 마음 챙겨 숨 쉬는 사람이 하나만 있어도 된다. 붓다의 현존 덕분에 그 버스나 승용차가 깨어 있음의 장소로 바뀐다. 차에 붓다가 탑승하셨으면 모든 사람이 그의 마음챙김에서 오는 에너지로 안전하게 보호받는다.

붓다의 현존, 그 깨어 있음의 에너지가 우리 삶의 순간마다에 우리와 함께 할 수 있다. 출발하기 전에 우리는 스스로 물어볼 수 있다. "이 차에 붓다가 타셨는가?" 우리가 마음 챙겨 숨 쉴 수 있으면 붓다의 현존이 금방 느껴질 것이고, 그분의 에너지가 운전하는 우리를 지켜 줄 것이다. 차 안에 있는 붓다의 존재가 여행의 매 순간을 값진 삶의 순간으로 만들어 준다. 마음 챙겨 숨 쉬는 사람들이 많으면 붓다의 현존에서 오는 에너지도 그만큼 강해진다. 그런데도 우리는 마음 챙겨 쉬는 우리의 숨에 그런 힘이 있고, 그 힘이 우리가 탄 차에 붓다를 모실 수 있다는 사실을 자주 잊어버린다.

언젠가 인도에서 성지순례를 할 때였다. 모두 3백 명이 넘는 우리 일행을 실어 나르기 위해서 버스를 열한 대 동원했는데 버스마다 불상이 모셔져 있었다. 하지만 평범한 플라스틱 불상이든 아니면 옥돌 불상이든 간에 불상이 모셔져 있다고 해서 그 사실이 차에 붓다가 탑승하셨음을 보증하는 건 아니다. 붓다가 그 차에 탑승하셨느냐 아니냐를 확인할 유일한 방법은 승객들 가운데 최소한 하나라도 마음 챙겨 숨 쉬고 있느냐를 보는 것이다.

나 자신도 마음 챙겨 숨 쉬기를 연습했지만 내가 탄 버스뿐만 아니라 다른 모든 버스에도 붓다가 탑승하셨기를 나는 바랐다. 그래서 모든 버스에 종을 마련해 두고 종이 울릴 때마다 승객들이 마음 챙겨 숨 쉬기를 제안하였다. 그 결과 모두가 마음 챙겨 숨을 쉰다면 그 차에 붓다가 탑승한 것은 분명한 사실이다.

우리가 어디를 가든지, 모든 차에 종을 두고 그 종을 울려서 지금 이 순간으로, 마음 챙겨 쉬는 숨으로 돌아오게 했으면 좋겠다. 그것이 우리를 실제로 보호해 줄 것이다. 불상이 아니다. 우리 자신의 마음챙김이다.

시골길 걷기

나는 야생초 무성한 시골길을 따라서 걷는 게 참 좋다. 내가 지금 경이로운 대지 위로 걷고 있음을 유념하면서 한 걸음 또 한 걸음 마음 챙겨 땅을 밟는다. 그럴 때면 존재하는 것 자체가 기적처럼 신비스러운 현실이다.

사람들은 보통 물 위로 걷거나 공중에 부양하는 것을 기적이라고 본다. 진정한 기적은 물 위로 걷거나 공중에 뜨는 것이 아니라 땅 위를 걷는 것이라고 나는 생각한다. 날마다 우리는 저도 모르게 하나의 기적 속으로 참여한다. 파란 하늘, 흰 구름, 푸른 나뭇잎 그리고 아이의 호기심 어린 눈, 이 모두가 하나의 기적이다.

길을 걸을 때 우리는 혼자 걷는 게 아니다. 우리 부모와 조상들이 우리와 함께 걷는다. 그들이 우리의 세포 하나하나에 현존한다. 그러므로 우리에게 치유와 행복을 가져다주는 모든 발걸음이 우리 부모와 조상들에게도 같은 치유와 행복을 가져다주는 것이다.

마음 챙겨 옮기는 모든 발걸음에 우리와 우리 안에 있는 동물, 식물, 광물 선조들을 포함하여 모든 조상들을 변화시키는 힘이 있다. 우리는 우리만을 위해서 걷는 게 아니다. 우리가 걸을 때 우리는 가족과 전 세계를 위해서 걷는다.

한 걸음

중국에서 전법 여행을 하던 어느 날, 우리 자두마을 일행이 성스러 운 태산泰山을 오를 기회가 있었다. 우리를 안내한 관광 안내원은 수많은 단체를 산위로 안내한 실적이 있는 사람이었다. 하지만 그 날 우리는 그녀에게, 우리 나름대로 걷는 방식이 있으니 우리 앞에 가지 말고 우리를 뒤따라오라고 부탁했다.

내가 산기슭에서 사람들에게 걷는 법을 일러주었다. 숨을 들이 쉬며 한 걸음, 내쉬며 또 한 걸음 그렇게 걷는 거다. 수천 걸음을 걸 어서 산꼭대기에 오르는 것보다 한 걸음 또 한 걸음을 즐기는 것이 우리의 목적이기 때문이다. 우리의 목적은 발걸음마다로 평화와 기 쁨에 닿는 것이다.

우리는 산을 오르면서 길 오른쪽 옆으로 걸었다. 많은 사람이 우리를 앞질러 갔다. 그들은 앞서 걷다 말고 '달팽이걸음으로 산을 오르는 저 사람들은 뭐지?'라는 눈으로 우리를 돌아보았다. 그날의 산행을 나는 생생하게 기억한다. 숨을 들이쉬면서 왼발 앞으로, 숨 을 내쉬면서 오른발 앞으로, 우리는 그렇게 걸었다. 모든 발걸음마 다에서 기쁨과 즐거움이 느껴지도록 그렇게 걸었다. 열 걸음에 한 번씩 멈춰 서서 펼쳐지는 풍경을 내려다보며 계속 숨을 쉬었다. 그 러고 다시 걸었다. 산꼭대기에 도달했을 때 아무도 조금도 지쳐 있 지 않았다.

우리 일행 가운데 중국어를 하는 스님이 있었다. 관광 안내원 이 자기 동료에게 하는 말을 그녀가 귀 너머로 들었다.

"저 스님 참 이상한 사람이야. 수많은 단체를 산 위로 안내할 적마다 힘이 빠졌는데, 오늘은 난생처음 산 위에 섰을 때 오히려 새 기운이 몸에 차 있는 느낌이더라. 정말 놀라운 분이야."

당시 중국에서는 관광 안내원이 관광객들의 행동을 경찰에 보고하도록 돼 있었다. 그녀가 말을 이었다.

"저 사람들이 무엇을 어떻게 했고 스님이 무슨 말을 했는지 모두 보고서에 썼지만 아직 제출하지 않았어. 저분 말씀이 너무 재미있어서 한 번 더 읽어 보려고."

당신이 철도역을 걷든지, 공항을 걷든지, 강변길을 걷든지 당신의 발걸음 하나하나가 기쁨, 안정, 행복을 당신한테 가져다주도록 그렇게 걸어라. 다른 사람들과 함께 걷든지 당신 혼자 걷든지 모든 발걸음이 당신에게 치유가 될 수 있다. 한 걸음도 놓쳐서는 안 된다. 모든 발걸음마다로 우리는 우리의 삶에 도달한다. 모든 발걸음이 달음박질, 몸으로 달릴 뿐 아니라 마음으로도 달리는, 달음박질을 멈추게 우리를 도와준다. 달리기가 우리의 버릇으로 되었고 그래서 지금 여기에서의 삶을 즐길 수 없게 되었다. 우리는 자면서도 꿈속에서 달린다. 그러므로 모든 발걸음을 착실히 딛고 멈추는 것이 수행이다. 우리는 멈추는 법을 연습할 필요가 있다.

짧은 거리를 이동할 때도, 집에서 버스 정거장까지 또는 주차장에서 사무실까지 걸을 때도 당신의 발걸음 하나하나가 기쁨, 평화, 행복을 안겨 주는 방식으로 걸을 수 있다. 그렇게 걷고 있는 다른 사람들을 기억하는 것도 좋겠다. 그렇게 해서 우리가 서로 연결되었음을 느낄 수 있다.

연결은 아주 중요하다. 당신한테 전화가 있어서 그래서 당신이 연결되었음을 느끼는 게 아니다. 나는 휴대폰을 가져 본 적이 없지만 그 때문에 누구와 단절되었다는 느낌은 한 번도 들지 않았다. 우리를 서로 연결시켜 주는 것은 마음 챙겨 걷는 우리의 발걸음이다. 그러기에 당신이 다른 사람들과 연결되기를 원한다면 당신이 해야 할 일은 아침마다 식사 마치고 일터로 가는 동안 걷기 명상을 하는 것이 전부다. 평화와 자유 안에서 당신이 그렇게 걸으면 우리가 제대로 연결된다.

귀속歸屬

내가 어렸을 때는 대가족이었다. 부모, 조카, 삼촌, 숙모, 할아버지, 할머니 그리고 아이들이 한 집에 모여 살았다. 집들은 나무들로 둘러싸였고 사람들이 그 나무에 그물침대를 걸거나 그 아래에서 피크닉을 즐겼다. 오늘 우리가 안고 씨름하는 문제들이 그때 사람들한테는 없었다. 아버지와 어머니가 다투실 때 아이들은 숙모나 삼촌에게로 달려가서 숨을 수 있었다. 그들에게는 부모 말고도 몸을 숨겨 줄 사람들이 많았다.

부모와 소수 자녀들로 이루어진 핵가족은 상대적으로 최근의 발명품이다. 그 작은 가정에서 숨 쉴 곳이 없을 때가 있다. 부모 사이에 문제가 발생하면 온 가족이 피해를 입는다. 집 안 공기가 무거워지고 어디 도망갈 곳이 없다.

아이는 욕실로 들어가서 문을 닫아걸고 혼자 있으려 해 보지만 무거운 공기가 욕실 안에까지 침투해 들어와서 여전히 도망칠 데가 없다. 그래서 아이는 많은 고통의 씨를 안고 자라는데 나중에 어른이 되어 그 씨들을 자기 아이들에게 그대로 옮겨 심어 준다.

우리 모두 근본적으로 어디에 속해 있어 그 안에서 환영받고 안심하며 살 필요가 있다. 우리는 가족이나 가정을 그것이 가능한 장소로 바꿔놓을 수 있다. 함께 마음 챙겨 숨 쉬고 웃고 앉고 차를 마실 수 있다. 종鐘이 있으면 종도 공동체의 한 식구다. 우리를 지금 이 순간으로 돌아오게 도와주기 때문이다. 명상 방석이 있으면 그것도 공동체의 한 멤버.

우리의 마음챙김 수련에 도움을 주는 것들이 많이 있다. 숨 쉬는 공기도 그중 하나다. 공원이나 강변 가까이 산다면 거기서 걷기 명상을 즐길 수 있고 그러면 공원이나 강변도 공동체의 한 가족이다. 우리는 집에 공동체를 세울 필요가 있다. 시시때때로 벗들을 초대하여 함께할 수도 있다. 가족의 경계를 넓혀 벗들이나 공동체 식구들뿐만 아니라 해, 하늘, 나무, 새, 우리를 에워싼 언덕들도 포함시킬 필요가 있다. 우리가 그 일을 함께 할 때 마음챙김 수련이 훨씬 쉬워진다.

험악하고 온유한 보살

절집 문을 들어설 때 당신은 웃음으로 환영하는 매우 온유한 인물의 조상彫像을 왼쪽에서 볼 것이다. 하지만 오른쪽으로는 무기를 손에 든 험상궂은 인물이 보일 것이다. 그의 얼굴 전체가 분노의 불에 타오르고 눈과 입에서는 연기와 화염이 뿜어져 나온다.

이 두 모습은 다른 사람의 고통을 끝내 주기 위해서 자기 생을 바친 보살들이다. 험상궂은 인물은 굶주린 아귀餓鬼들을 통제할 능력이 있는 보살이다. 버림받아 이리저리 헤매는 영혼인 악귀들에게 먹을 것과 마실 것을 제공하는 의식儀式을 행할 때마다 우리는 불타는 얼굴로 와서 그들을 도와주는 보살을 불러내어야 한다. 아귀들은 그의 말만 듣는다. 그의 험상궂은 얼굴이 이렇게 말하기 때문이다. "좀 더 잘해라. 안 그러면 혼난다!" 그러니 얼굴이 험악해 보이는 사람들을 볼 때 그들이 악한 사람이라고 말할 게 아니다. 그들이 진짜 보살일 수 있다. 외모는 몹시 험악해 보이지만 속에는 보살의 마음이 있는 거다. 당신은 매우 엄격할 수 있지만 동시에 매우 자애로울 수 있다.

당신이 온유한 보살이라면 당신 안에 진정한 자비와 이해가 있다는 얘기다. 당신이 거칠고 얼굴 붉은 보살이라면 견고함과 힘을 드러내면서 동시에 부드러운 마음과 깊은 이해를 지니고 있다는 얘기다.

우주인

달에 간 우주인을 상상해 보자. 그가 달에 착륙했을 때 우주선이 고장 나서 지구로 돌아올 수 없게 되었다. 휴스턴의 나사 본부와도 연락이 끊겼다. 얼마 안 되는 남은 산소로는 구조대가 올 때까지 버틸 수 없을 것 같다. 이제 얼마 못 살게 되었는데 그가 무엇을 할 거라고 당신은 생각하는가? 그는 무엇을 바랄 것인가?

달에서는 지구에서처럼 마음 챙겨 걷는 게 불가능하다. 중력이 거의 없어서 걷는 건 안 되고 경중경중 뛰어야 한다. 우주인은 땅 위를 걷는 게 얼마나 아름다운 일이었는지를 기억할 것이다. 지구에서 달을 보면 달이 참 아름다워 보이겠지만, 달에서 지구를 바라보면 지구가 얼마나 더 아름다운 별인지 알 것이다.

우리는 이 떠돌이별에서 아주 오래 살아왔다. 하지만 지구별에 산다는 것이 얼마나 경이로운지 일인지를 과연 실감하는가? 우리는 남들과 다투고, 누구를 질투하고, 이것을 버리고 저것을 좇고, 그러느라고 주변의 아름다움에 눈이 멀었다. 아름다운 지구별을 걸을 수 있다는 게 하나의 기적임을 알지 못한다.

달 위에 있는 우주인에게 지금 당신이 가장 바라는 게 뭐냐고 물으면 지구로 돌아가는 것이라고 대답할 것이다. 새 자동차나 새 집을 원한다고는 하지 않을 것이다. 아름다운 지구별을 걷는 것이 자기가 바라는 전부라고 말할 것이다. 다른 욕망들은 모두 시시한 것들로 여겨질 것이다.

운 좋게도 마지막 순간에 구조선이 도착하여 우주인은 지구로 돌아올 수 있게 되었다. 우리 모두 그렇게 구조된 우주인과 같다. 아름다운 지구별에서 행복하게 가볍게 자유롭게 걸을 수 있다. 그렇게 걷는 것이 얼마나 소중한 선물인지를 기억해야 한다.

걷기 명상을 하는 동안 우리는 지구별과 깊이 소통하며 지구가 우리 고향임을 깨친다. 숨 한 번에 걸음 한 발짝, 이것이 지금 여기에서 우리가 고향의 안락함을 맛보는 데 필요한 모든 것이다. 숨을 들이쉬고 내쉴 때마다 당신 몸과 마음을 현재 순간으로 데려올 수 있다. 더 이상 무엇을 향해서 달려가지 않아도 된다. 지구별은 지금 여기에 있고 당신은 현재 순간에 완전 만족이다. 더 바랄 게 없다.

마음 챙겨 걷기는 우리에게 큰 행복을 가져다줄 수 있는 무엇이다. 발걸음마다가 우리 가슴과 머리에 영양분을 준다. 우리에게는 행복한 삶을 위한 조건들이 우리가 아는 것보다 훨씬 많다. 걷기 명상은 자기 자신한테로 돌아오는 길이다. 우리는 손가락 한 번 퉁기는 시간에 돌아올 수 있다. 달에 갔다가 돌아오려면 긴 시간이 필요하지만 우리의 진짜 집으로 돌아오는 데는 호흡 한 번으로 충분하다.

가을 낙엽

하루는 땅에 떨어진 마른 나뭇잎을 밟으려다가 걸음을 멈추었다. 자세히 보니 그 나뭇잎 완전히 죽은 게 아니었다. 습기 찬 흙에 녹아 들어 이듬해 봄 다른 모양으로 나뭇가지에 나타날 준비를 하고 있었다. 내가 웃으며 말했다. "시치미 뚝 떼고 아닌 시늉을 하는구나."

내가 밟을 뻔한 잎을 포함하여 모든 것이 태어나는 시늉을 하고 죽는 시늉을 한다. 붓다께서 이르셨다. "조건들이 갖추어지면 몸이 저를 나타내 보여 주는데 우리는 몸이 있다고 말한다. 조건들이 갖추어지지 않으면 몸이 저를 보여 주지 않는데 우리는 몸이 없다고 말한다."

우리가 죽음이라고 부르는 날은 우리가 다른 모양들로 이어지는 날이다. 이 진실에 닿는 것이 깊은 수행이고, 그것이 우리를 가장 깊은 두려움에서 건져 내어 안심으로 데려간다.

니르바나는 소멸消滅, 태어남과 죽음, 있음과 없음, 옴과 감에 대한 개념을 포함하여 온갖 개념과 관념들의 소멸을 의미한다. 삶의 궁극 차원, 서늘하고 평화롭고 기쁜 상태가 니르바나다. 죽어서 얻게 되는 상태가 아니다. 바로 지금 당신은 마음 챙겨 숨 쉬기, 걷기, 차 마시기로 니르바나에 들 수 있다.

고향집 찾기

한 젊은 일본계 미국인이 카페에 들어간 얘기를 들었다. 커피를 마시다 보니 두 젊은이가 베트남 말을 하면서 울었다. 일본계 미국인이 그들에게 왜 우느냐고 물었다. 그들 중 하나가 대답했다.

"이제 우리는 고향집으로 돌아갈 수 없게 되었소. 그곳 정부가 우리의 귀국을 금지한답니다."

일본계 미국인이 화를 내면서 말했다.

"그건 당신들이 울 이유가 못 돼요. 당신들은 비록 추방당해서 돌아갈 수 없지만 그래도 여전히 속해 있는 나라가 있잖소? 나는 돌아갈 나라가 없는 놈이오. 미국에서 태어나 미국에서 자란 나는 생김새는 일본인이고 문화로는 미국인이오. 하지만 미국인들은 나를 받아 주지 않았소. 그들은 나를 아시아인으로, 외국인으로 보았지. 그래서 일본으로 돌아가 거기를 내 고향집으로 삼아 보려 했지만 막상 가 보니 일본인들도 내가 일본사람처럼 말하고 행동하지 않는다면서 역시 받아 주지 않습디다. 나는 미국 여권이 있고 그래서 일본에 갈 수 있소. 하지만 나한테는 고향이 없어요. 그런데 당신들은 고향이 있잖소?"

당신은 고향집이 있는가? 안락함과 평화로움과 자유로움이 느껴지는 고향집이 있는가? 이 나라에는 오랜 세월 몇 세대 전부터 이곳에 살아왔지만 여전히 환영받지 못한다고 생각하는 미국 시민들이 있다. 베트남에도 자기들이 조국으로부터 환영받거나 이해받지 못한다고 생각하여 거기를 떠나고 싶어 하는 사람들이 있다.

우리 가운데 누가 진짜 고향에 사는가? 누가 자기 나라 고향에서 안락함을 누리는가? 사십 년 넘도록 베트남에서 추방당한 몸이지만 나에게는 고향집이 있고 거기서 편안히 살고 있다. 유배당한 몸이지만 괴롭지 않다. 진짜 고향집을 찾았기 때문이다. 내 진짜 고향은 프랑스 자두마을에 있지 않다. 미국에도 있지 않다. 내 진짜 고향은 특수한 공간이나 시간에 제한되지 않는다.

내 진짜 고향은 장소나 문화의 술어로 서술할 수 없다. 문화적으로나 민족적으로 내가 베트남 사람이라고 말하는 건 간단한 일이다. 나에게는 베트남 여권도 없고 주민증도 없다. 법적으로 나는 베트남 사람이 아니다. 유전학적으로 '베트남 인종'이라는 인종은 없다. 나를 잘 들여다보면 멜라네시아, 인도네시아, 몽골 그리고 아프리카 유전자들이 보일 것이다. 어느 민족이든 그게 실상이다. 이를 아는 앎이 우리를 자유롭게 해 줄 수 있다. 온 우주가 동원되어 당신을 그 모양으로 존재하도록 돕는 것이다.

삶이 우리의 진짜 고향집이다

불교 전통에서는 언제나 종을 울리는 것으로 앉기 명상을 시작한다. 종소리는 자기 자신한테로 오라고 부르는 일깨움이다.

우리의 진짜 고향집은 지금 이 순간이다. 무슨 일이든 바로 지금 바로 여기에서 일어난다. 우리의 진짜 고향은 분별이 없고 미움이 없는 곳이다. 우리의 진짜 고향은 우리가 더 무엇을 추구하지 않고, 더 무엇을 갈망하지 않고, 더 무엇을 후회하지 않는 곳이다. 마음챙김 에너지를 가지고서 바로 지금 바로 여기로 돌아올 때 우리는 우리의 진짜 고향집을 지금 이 순간에 마련할 수 있다.

당신의 진짜 고향집은 당신이 당신을 위해서 창조하는 무엇이다. 자기 몸과 평화로이 지내고, 자기 몸을 돌보고, 자기 몸의 긴장을 풀어 줄 줄 알 때, 그때 우리 몸은 지금 이 순간으로 돌아올 수 있는 안락하고 평화로운 집이 된다. 자기의 감정들을 보살필 줄 알 때, 기쁨과 행복을 낳고 아픈 감정들을 다룰 줄 알 때, 그때 우리는 지금 이 순간에 행복한 고향집을 세우고 회복할 수 있다. 그리고 이해와 자비의 에너지를 생산할 줄 알 때 우리의 고향집이 우리가 돌아갈 아늑하고 즐거운 곳으로 될 것이다. 고향집은 희망할(hope) 무엇이 아니라 경작할(cultivate) 무엇이다. 집으로 가는 길은 없다. 집이 길이다.

해탈은 지금 이 순간에 있다. 지금 이 순간에 우리는 우리의 모든 영적 육적 조상들을 접할 수 있다. 우리의 진짜 고향집을 찾기 위해서 지금 이 순간으로 돌아와 그 속에 침투하는 법을 배워야 한다.

우리 조상들을 지금 이 순간 몸으로 느낄 수 있을 때 우리는 더 이상 걱정하거나 고통당할 필요가 없다. 우리의 진짜 고향집을 바깥 어디 ─공간, 시간, 문화, 경계, 민족 또는 인종─ 에서 찾으려 하지 않을 때 우리는 참 행복을 찾을 수 있다.

우리의 진짜 고향집은 추상적인 관념이 아니다. 우리 발로 손으로 마음으로 매 순간 접할 수 있는 견고한 현실이다. 우리가 이를 알면 아무도 우리의 진짜 고향집을 빼앗지 못한다. 사람들이 우리나라를 점령하고 우리를 감옥에 가두어도 우리는 여전히 진짜 고향집에 있고 아무도 그것을 우리한테서 빼앗을 수 없다. 나는 지금 이 말을, 우리는 고향이 없다고 생각하는 당신들에게 하는 거다. 자기들이 떠난 나라가 더 이상 고향이 아니고, 새로 정착한 나라도 아직 고향이 아니라고 생각하는 부모들에게 이 말을 하는 거다. 자기의 진짜 고향집을 찾고 자녀들도 자기네 진짜 고향집을 찾도록 도와주는 수련을 우리 모두 할 수 있다.

당신 생애의 가장 경이로운 순간들은 이제 당신 등 뒤에 있다고 생각할지 모르겠다. 아니면 당신 생애의 가장 행복한 순간들이 아직 오고 있다고 생각할 수도 있다. 하지만 지금 이 순간이 우리가 기다려 온 바로 그 순간이다.

붓다께서 이르셨다.

"지금 이 순간을 네 생애의 더없이 경이로운 순간으로 만들어야 한다."

나 죽으면 내가 남긴 재를 위해서 탑을 쌓겠다는 제자가 있다. 그와 다른 친구들이 "여기 사랑하는 스승 잠들다."라는 묘비를 세우는 일에 가담하고 싶어 한다.

나는 그에게 절 땅을 낭비하지 말라고 말했다.

"나를 거기 좁은 구덩이에 넣지 말게! 그런 식으로 나를 잇고 싶지 않네. 재를 뿌려서 나무들이 잘 자라도록 도와주는 게 훨씬 낫겠지."

그래도 탑을 세우고 싶다면 묘비명에 이렇게 쓸 것을 암시해 주었다. "나는 여기 안에 있지 않다." 하지만 그들이 그렇게 하지 않으면 두 번째 묘비명을 쓸 수 있겠다. "나는 저기 밖에도 있지 않다." 그래도 여전히 말을 듣지 않으면 세 번째이자 마지막으로 이렇게 쓸 수 있을 것이다. "당신들이 숨 쉬고 걷는 데서 나를 볼 수 있으리라."

내 이 몸은 해체되지만 내 행위는 계속 이어질 것이다. 일상생활 속에서 나는 늘 내 주변에서 연속되는 나를 보는 수련을 해 왔다. 이 몸이 연속되는 것을 보기 위해서 몸이 완전 분해되기까지 기다릴 필요가 없다. ─ 우리는 매 순간 연속된다. 내 몸이 나라고만 생각한다면 당신은 나를 제대로 보지 못한 것이다. 내 벗들을 보면서 당신은 계속 이어지는 나를 본다. 마음 챙겨 자비로이 걷는 누군가를 볼 때 당신은 그가 나의 연장延長인 것을 알아본다. 나는 왜 사람들이 "나는 결국 죽을 것이다."라고 말하는지 모르겠다. 이미 당신들 안에서, 그리고 다른 사람들과 미래 세대들 안에서, 나 자신을 보기 때문이다.

구름이 더 이상 저기 있지 않을 때도 그것은 눈으로 또는 비로 연속되고 있다. 구름이 죽는 건 불가능이다. 그것이 비나 우박으로 될 수는 있어도 아주 없어질 수는 없다. 구름은 계속 이어지기 위해서 영혼을 가지지 않아도 된다. 시작도 끝도 없다. 나는 죽지 않을 것이다. 육신이 분해되기야 하겠지만 그것이 나의 죽음을 의미하는 건 아니다. 나는 계속 이어질 것이다, 언제까지나.